PARA ESTAR EN EL MUNDO

Las cinco personas
que encontrarás en el cielo

Vivencias y personajes

Las cinco personas que encontrarás en el cielo

Mitch Albom

OCEANO MAEVA

LAS CINCO PERSONAS QUE ENCONTRARÁS EN EL CIELO

Título original: THE FIVE PEOPLE YOU MEET IN HEAVEN

Tradujo MARIANO ANTOLÍN RATO (©) de la edición original en inglés

© 2003, Mitch Albom

D. R. © 2007, MAEVA EDICIONES
        Benito Castro 6, Madrid 28028
        maeva@infornet.es
        www.maeva.es

D. R. © 2007, EDITORIAL OCÉANO DE MÉXICO, S.A. DE C.V.
        Boulevard Manuel Ávila Camacho 76, 10º piso,
        Colonia Lomas de Chapultepec, Miguel Hidalgo,
        Código Postal 11000, México, D.F.
        ☎ (55) 9178 5100   📠 (55) 9178 5101
        ✉ info@oceano.com.mx

DÉCIMA REIMPRESIÓN

ISBN-13: 978-970-651-899-6
ISBN-10: 970-651-899-1

IMPRESO EN MÉXICO / PRINTED IN MEXICO

Este libro está dedicado a Edward Beitchman,
mi querido tío, que me proporcionó las primeras
nociones del cielo. Todos los años, en torno a la mesa
de la cena de acción de gracias, hablaba de una noche
en el hospital en que se despertó y vio las almas
de sus difuntos más queridos sentadas en el borde
de la cama, esperándolo. Nunca he olvidado
esa historia. Y nunca lo he olvidado.

Todo el mundo tiene una idea del cielo, como pasa
en la mayoría de las religiones, y todas ellas deben
ser respetadas. La versión que se ofrece aquí sólo
es una suposición, un deseo, en ciertos aspectos,
que a mi tío y a otros como él —personas que no se
sentían importantes aquí en la Tierra— les hizo
darse cuenta, al final, de lo mucho que contaban
y de cuánto se les quiso.

ÍNDICE

EL FINAL

Este relato es sobre un hombre que se llamaba Eddie y empieza por el final, con Eddie muriendo al sol. Puede parecer raro que un relato empiece por el final, pero todos los finales son también comienzos, lo que pasa es que no lo sabemos en su momento.

La última hora de la vida de Eddie transcurrió, como la mayoría de las demás, en el Ruby Pier, un parque de diversiones junto a un oceano gris. El parque tenía los juegos habituales: una pasarela de madera, una rueda de la fortuna, montañas rusas, autos chocones, un puesto de golosinas y una galería donde uno podía disparar chorros de agua a la boca de un payaso. También tenía un nuevo juego que se llamaba la Caída Libre, y sería allí donde moriría Eddie, en un accidente que aparecería en los periódicos del estado.

🅟

En el momento de su muerte, Eddie era un viejo rechoncho de pelo blanco, con el cuello corto, pecho abombado, antebrazos gruesos y un tatuaje medio borrado del ejército en el hombro derecho. Sus piernas ya eran delgadas y venosas, y la rodilla izquierda, herida durante la guerra, la tenía destrozada por la artritis. Usaba un bastón para caminar. Su cara era ancha y estaba curtida por el sol, con unas patillas blanquecinas y una mandíbula inferior que sobresalía ligeramente y lo hacía parecer más orgulloso de lo que se sentía. Llevaba un cigarro detrás de la oreja izquierda y un aro con llaves colgado del cinturón. Calzaba unos zapatos de suela de goma. En la cabeza llevaba una vieja gorra de lino. Su uniforme café claro era como el de un obrero, y eso era él, un obrero.

🅟

El trabajo de Eddie consistía en el "mantenimiento" de los juegos, lo que en realidad significaba atender su seguridad. Todas las tardes recorría el parque, revisaba cada juego, desde el Remolino Supersónico hasta el Tobogán Acuático. Buscaba tablas rotas, tornillos flojos, acero gastado. A veces se detenía con los ojos vidriosos y la gente que pasaba creía que algo iba mal. Pero él simplemente escuchaba, sólo eso. Después de todos aquellos años

era capaz de oir los problemas, decía, en los chis-
porroteos y farfulleos, y en el traqueteo de las ma-
quinarias.

᠀

Cuando le quedaban cincuenta minutos de vida en
la Tierra, Eddie dio el último paseo por el Ruby Pier.
Adelantó a una pareja mayor.

–Buenas —murmuró tocándose la gorra.

Ellos asintieron con la cabeza educadamente. Los clientes conocían a Eddie. Por lo menos los
habituales. Lo veían verano tras verano, una de esas
caras que uno asocia con un sitio. En el pecho de la
camisa de trabajo llevaba una etiqueta en la que se
leía "EDDIE" arriba de la palabra "MANTENIMIEN-
TO", y a veces le decían: "Hola, Eddie Mantenimiento", pero él nunca le encontraba la gracia.

Hoy resulta que era el cumpleaños de Eddie,
ochenta y tres años. Un médico, la semana anterior,
le había dicho que tenía herpes. ¿Herpes? Eddie ni
siquiera sabía lo que era. Antes tenía fuerza suficiente para levantar un caballo del carrusel con cada brazo. Eso fue hacía ya mucho tiempo.

᠀

–¡Eddie! ¡Llévame, Eddie! ¡Llévame!

Cuarenta minutos hasta su muerte, y Eddie
se abrió paso hasta el principio de la fila de la montaña rusa. Al menos una vez por semana se subía a

cada juego, para asegurarse de que los frenos y la dirección funcionaran bien. Hoy le tocaba a la montaña rusa —la Montaña Rusa Fantasma la llamaban— y los niños que conocían a Eddie gritaban para que los subiera en el carrito con él.

A Eddie le gustaban los niños. No los quinceañeros. Los quinceañeros le daban dolor de cabeza. Con los años, Eddie imaginaba que había visto a todos los quinceañeros vagos y problemáticos que existían. Pero los pequeños eran diferentes. Los niños miraban a Eddie —que con su mandíbula inferior saliente siempre parecía que estaba sonriendo, como un delfín— y confiaban en él. Les atraía igual que el fuego a unas manos frías. Se le sujetaban a las piernas. Jugaban con sus llaves. Eddie solía limitarse a gruñir, sin hablar nunca demasiado. Imaginaba que les gustaba porque nunca hablaba mucho.

Ahora Eddie dio un golpecito a dos niños que llevaban puestas unas gorras de beisbol con la visera al revés. Los pequeños corrieron al carrito y se dejaron caer dentro. Eddie le entregó el bastón al encargado del juego y se acomodó poco a poco entre los dos.

–¡Allá vamos! ¡Allá vamos! —chilló un niño, mientras el otro se pasaba el brazo de Eddie por encima del hombro. Eddie bajó la barra de seguridad y, clac-clac-clac, se fueron para arriba.

Corría una historia sobre Eddie. Cuando era niño y vivía junto a este mismo parque, tuvo una pelea callejera. Cinco muchachitos de la avenida Pitkin habían acorralado a su hermano Joe y estaban a punto de darle una paliza. Eddie estaba una manzana más allá, en un puesto, comiendo un sandwich. Oyó gritar a su hermano. Corrió hasta la calle, agarró la tapa de un bote de basura y mandó a dos muchachos al hospital.

Después de eso, Joe pasó meses sin hablarle. Estaba avergonzado. Él era mayor, había nacido antes, pero fue Eddie quien lo había defendido.

–¿Podemos repetir, Eddie? Por favor.

Treinta y cuatro minutos de vida. Eddie levantó la barra de seguridad, dio a cada niño un caramelo, recuperó su bastón y luego fue cojeando hasta el taller de mantenimiento para refrescarse. Hacía calor aquel día de verano. De haber sabido que su muerte era inminente, probablemente habría ido a otro sitio. Pero hizo lo que hacemos todos. Continuó con su aburrida rutina como si todavía estuvieran por venir todos los días del mundo.

Uno de los trabajadores del taller, un joven desgarbado de pómulos marcados que se apellidaba Domínguez, estaba junto al depósito de disolvente; quitaba la grasa a un engranaje.

–Hola, Eddie —dijo.

–Dom —respondió Eddie.

El taller olía a serrín. Era oscuro y estaba atestado, tenía el techo bajo y en las paredes había ganchos de los que colgaban taladros, sierras y martillos. Por todos lados había partes del esqueleto de los juegos del parque: compresores, motores, bandas mecánicas transportadoras, focos, la parte de arriba de la cabeza de un pirata. Amontonados contra una pared había botes de café con clavos y tornillos, y amontonados contra otra pared, interminables botes de grasa.

Engrasar un eje, decía Eddie, no requería mayor esfuerzo mental que fregar un plato; la única diferencia era que cuando uno lo hacía se ponía más sucio, no más limpio. Y aquél era el tipo de trabajo que hacía Eddie: engrasar, ajustar frenos, tensar pernos, comprobar paneles eléctricos. Muchas veces había ansiado dejar aquel sitio, encontrar un trabajo distinto, iniciar otro tipo de vida. Pero vino la guerra. Sus planes nunca se llevaron a cabo. Con el tiempo se encontró con canas, los pantalones más flojos y aceptando, cansino, que él era ése y lo sería siempre, un hombre con arena en los zapatos en un mundo de risas mecánicas y salchichas a la plancha. Como su padre antes que él, como indicaba la etiqueta de su camisa, Eddie se ocupaba del mantenimiento, era el jefe de mantenimiento o, como a veces le llamaban los niños, "el hombre de los juegos del Ruby Pier".

Quedaban treinta minutos.

—Oye, me he enterado de que es tu cumpleaños. Felicidades —dijo Domínguez.

Eddie gruñó.

—¿No haces una fiesta o algo?

Eddie lo miró como si aquel tipo estuviera loco. Durante un momento pensó en lo extraño que era envejecer en un sitio que olía a algodón de azúcar.

—Bueno, acuérdate, Eddie, la semana que viene descanso, a partir del lunes. Me voy a México.

Eddie asintió con la cabeza y Domínguez dio unos pasos de baile.

—Teresa y yo. Vamos a ver a toda la familia. Una buena fiesta.

Dejó de bailar cuando se dio cuenta de que Eddie lo miraba fijamente.

—¿Has estado alguna vez? —dijo Domínguez.

—¿Dónde?

—En México.

Eddie echó aire por la nariz.

—Muchacho, yo nunca he estado en ninguna parte a la que no me mandaran con un fusil.

Siguió con la mirada a Domínguez, que volvía al fregadero. Pensó unos momentos. Luego sacó un pequeño fajo de billetes del bolsillo y apartó los únicos de veinte que tenía, dos. Se los tendió.

–Cómprale algo bonito a tu mujer —le dijo Eddie.

Domínguez miró el dinero, exhibió una gran sonrisa y dijo:

–Vamos, hombre. ¿Estás seguro?

Eddie puso el dinero en la palma de la mano de Domínguez. Luego salió para volver a la zona de almacenamiento. Años atrás habían hecho un pequeño "agujero para pescar" en las tablas de la pasarela, y Eddie levantó el tapón de plástico. Tiró de un sedal de nailon que caía unos tres metros hasta el mar. Todavía tenía sujeto un trozo de mortadela.

–¿Pescamos algo? —gritó Domínguez. ¡Dime que pescamos algo!

Eddie se preguntó cómo podía ser tan optimista aquel tipo. En aquel sedal nunca había nada.

–Cualquier día —gritó Domínguez— vamos a pescar un abadejo.

–Claro —murmuró Eddie, aunque sabía que nunca podrían pasar un pez por un agujero tan pequeño.

Veintiséis minutos de vida. Eddie cruzó la pasarela de madera hasta el extremo sur. No había mucho movimiento. La muchacha del mostrador de golosinas estaba acodada, haciendo bombas con su chicle.

En otro tiempo el Ruby Pier era *el* sitio al que

se iba en verano. Tenía elefantes y fuegos artificiales y concursos de bailes de resistencia. Pero la gente ya no iba tanto a los parques de diversiones del oceano; iban a los parques temáticos, donde pagaban setenta y cinco dólares por entrar y les sacaban una foto con un personaje peludo gigante.

Eddie pasó renqueando junto a los autos chocones y clavó la mirada en un grupo de quinceañeros que se apoyaban en la barandilla. "Estupendo —pensó—, justo lo que necesitaba."

–Largo —dijo Eddie golpeando la barandilla con el bastón. Vamos. Eso no es seguro.

Los quinceañeros lo miraron enojados. Las barras verticales de los coches chisporroteaban con la electricidad. *Zzzap, zzzap*.

–Eso no es seguro —repitió Eddie.

Los adolescentes se miraron unos a otros. Un muchacho que llevaba un mechón naranja en el pelo hizo un gesto de burla a Eddie y luego se subió a la barandilla del centro.

–Vamos, colegas, agárrenme —gritó haciendo gestos a los jóvenes que conducían. Agárrenme.

Eddie golpeó la barandilla con tanta fuerza que el bastón casi se le parte en dos.

–¡Fuera!

Los adolescentes se marcharon.

Corría otra historia sobre Eddie. Cuando era soldado, entró en combate numerosas veces. Había sido
muy valiente. Incluso ganó una medalla. Pero hacia
el final de su tiempo de servicio se peleó con uno
de sus propios hombres. Así fue como hirieron a
Eddie. Nadie sabía qué le pasó al otro tipo.

Nadie lo preguntó.

Cuando le quedaban diecinueve minutos en la Tierra, Eddie se sentó por última vez en una vieja silla
de playa de aluminio, con sus cortos y musculosos
brazos cruzados en el pecho como las aletas de una
foca. Sus piernas estaban rojas por el sol y en su rodilla izquierda todavía se distinguían cicatrices. La
verdad es que gran parte del cuerpo de Eddie suge-
ría que había sobrevivido a algún enfrentamiento.
Sus dedos estaban doblados en ángulos imposibles
debido a numerosas fracturas provocadas por ma-
quinaria variada. Le habían roto la nariz varias veces en lo que él llamaba "peleas de bar". Su cara de
amplia mandíbula quizá había sido alguna vez ar-
moniosa, del modo en que puede serlo la de un bo-
xeador antes de recibir demasiados puñetazos.

Ahora Eddie sólo parecía cansado. Aquél
era su puesto habitual en la pasarela del Ruby Pier,
detrás de la Liebre, que en la década de 1980 fue el
Rayo, que en la de 1970 fue la Anguila de Acero,
que en la de 1960 fue el Pirulí Saltarín, que en la de

1950 fue Laff en la Noche, y que antes de eso fue la Pista de Baile Polvo de Estrellas.

Que fue donde Eddie conoció a Marguerite.

Toda vida tiene un instante de amor del verdadero. Para Eddie, el suyo tuvo lugar una cálida noche de septiembre después de una tormenta, cuando la pasarela de madera estaba lavada por la lluvia. Ella llevaba un vestido de algodón amarillo y un pasador rosa en el pelo. Eddie no habló mucho. Estaba tan nervioso que tenía la sensación de que la lengua se le había pegado a los dientes. Bailaron con la música de una gran orquesta, la orquesta de Delaney el Larguirucho y sus Everglades. Le invitó una limonada. Ella dijo que se tenía que ir antes de que se enojaran sus padres. Pero cuando se alejaba, se volteó y se despidió con la mano.

Aquél fue el instante. Durante el resto de su vida, siempre que pensaba en Marguerite, Eddie veía aquel momento, a ella despidiéndose con la mano, el pelo oscuro cayéndole sobre un ojo, y sentía el mismo acelerón arterial de amor.

Aquella noche volvió a casa y despertó a su hermano mayor. Le dijo que había conocido a la mujer con la que se iba a casar.

–Duérmete, Eddie —gruñó su hermano.

Sssh. Una ola rompió en la playa. Escupió algo que no quiso ver. Lo lanzó lejos.

Sssh. Antes pensaba mucho en Marguerite. Ahora ya no tanto. Ella era como una herida debajo de un antiguo vendaje, y él se había ido acostumbrando al vendaje.

Sssh.

¿Qué era herpes?

Sssh.

Dieciséis minutos de vida.

Ninguna historia encaja por sí sola. A veces las historias se tocan en los bordes y otras veces se tapan completamente una a otra, como piedras debajo de un río.

El final de la historia de Eddie quedó afectado por otra historia aparentemente inocente, de meses antes; una tarde con nubes en que un joven llegó al Ruby Pier con tres amigos.

El joven, que se llamaba Nicky, acababa de empezar a conducir y todavía no se sentía cómodo llevando un llavero. De modo que sacó únicamente la llave del coche y se la guardó en el bolsillo de la chamarra, luego se ató la chamarra a la cintura.

Durante las horas siguientes, él y sus amigos se subieron a todos los juegos más rápidos: el Halcón Volador, el Amerizaje, la Caída Libre, la Montaña Rusa Fantasma.

—¡Sin manos! —gritó uno de ellos.

Alzaron las manos al aire.

Más tarde, cuando había oscurecido, volvieron al estacionamiento, agotados y entre risas, tomando cervezas que llevaban dentro de bolsas de papel de estraza. Nicky metió la mano en el bolsillo de la chamarra y buscó. Soltó una maldición.

La llave había desaparecido.

Catorce minutos para su muerte. Eddie se secó la frente con un pañuelo. Allá en el oceano, diamantes de luz del sol bailaban en el agua, y Eddie contempló su vivo movimiento. No había vuelto a estar bien de pie desde la guerra.

Pero volvió a la Pista de Baile Polvo de Estrellas con Marguerite; allí Eddie había sido tocado por la gracia. Cerró los ojos y se abandonó a la evocación de la canción que los había unido, la que Judy Garland cantaba en aquella película. Se mezclaba dentro de su cabeza con la cacofonía de las olas rompiendo y los niños gritando en los juegos.

–Hiciste que te amara...

Ssshhh.

–Yo no quería...

Splllaaashhh.

–...amarte...

Ssshhh.

–...siempre lo sabrás, y siempre...

Splllaaashhh.

–...lo sabrás...

Eddie notó las manos de ella en sus hombros. Apretó los ojos con fuerza para hacer más vívido el recuerdo.

🐍

Doce minutos de vida.

–Perdone.

Una niña, puede que de unos ocho años, estaba de pie delante de él, tapándole el sol. Tenía rizos rubios y llevaba sandalias, pantalones de mezclilla cortados y una camiseta verde lima con un pato de dibujos animados en la parte delantera. Amy, pensó que se llamaba. Amy o Annie. Había estado por allí muchas veces aquel verano, aunque Eddie nunca vio a una madre o a un padre.

–Perdooone —repitió la niña. ¿Eddie Mantenimiento?

Eddie soltó un suspiro.

–Sólo Eddie —dijo.

–¿Eddie?

–¿Sí?

–¿Puede hacerme...?

Unió las manos como si rezara.

–Vamos, niña. No tengo todo el día.

–¿Puede hacerme un animal? ¿Puede?

Eddie alzó la vista, como si tuviera que pensarlo. Luego se buscó en el bolsillo de la camisa y sacó tres limpiapipas amarillos que llevaba con aquel objetivo.

–¡Qué bien! —dijo la niña aplaudiendo.

Eddie empezó a retorcer los limpiapipas.

–¿Dónde están tus padres?

–Montados en los juegos.

–¿Sin ti?

La niña se encogió de hombros.

–Mamá está con su novio.

Eddie alzó la vista: –Ah.

Dobló los limpiapipas en varios círculos pequeños, luego enrolló con cuidado los círculos uno en torno a otro. Ahora le temblaban las manos, de modo que le llevaba más tiempo que antes, pero los limpiapipas pronto tenían la forma de una cabeza, unas orejas, cuerpo y un rabo.

–¿Un conejo? —dijo la niña.

Eddie guiñó el ojo.

–¡Graaacias!

La niña se puso a dar vueltas, perdida en ese sitio donde los niños ni siquiera saben que se les mueven los pies. Eddie se volvió a secar la frente, luego cerró los ojos, se hundió en la silla de playa y trató de que la vieja canción le volviera a la cabeza.

Una gaviota graznó mientras pasaba volando por encima de él.

¿Cómo eligen las personas sus últimas palabras? ¿Se dan cuenta de su importancia? ¿Han sido señaladas por el destino para que sean inteligentes?

A sus ochenta y tres años Eddie había perdido a casi todos los que le habían importado. Unos murieron jóvenes, y a otros se les había dado la oportunidad de hacerse viejos antes de que una enfermedad o un accidente se los llevara. En sus funerales, Eddie escuchaba cómo los asistentes recordaban sus últimas palabras. "Es como si supiera que iba a morir...", decían algunos.

Eddie nunca lo creía. Por lo que sabía, cuando te tocaba, te tocaba, eso era todo. Podías decir algo inteligente al irte, pero también era posible que dijeras algo estúpido.

Que conste, las últimas palabras de Eddie serían:

—¡Atrás!

Éstos son los sonidos de los últimos minutos de Eddie en la Tierra. Olas que rompen. El lejano estrépito de música de rock. El zumbido del motor de un pequeño biplano que lleva un anuncio en la cola. Y esto:

—¡Dios mío! ¡Miren!

Eddie notó que los ojos se le disparaban debajo de los párpados. Con los años, había llegado a familiarizarse con todos los ruidos del Ruby Pier y podía dormir a pesar de ellos, como si fueran una canción de cuna.

Aquella voz no era de una canción de cuna.

–¡Dios mío! ¡Miren!

Eddie se puso de pie como impulsado por un resorte. Una mujer con brazos rollizos y con hoyuelos alzaba una bolsa del supermercado y señalaba algo gritando. Un pequeño grupo se había reunido en torno a ella; todos miraban al cielo.

Eddie lo vio de inmediato. En la parte de arriba de la Caída Libre, el nuevo juego "caída de la torre", uno de los carros estaba inclinado en ángulo, como si intentara volcar su carga. Cuatro pasajeros, dos hombres y dos mujeres, sujetos únicamente por una barra de seguridad, se agarraban frenéticamente a lo que podían.

–¡Oh, Dios mío! —gritó la mujer rolliza. ¡Se van a caer!

Una voz graznó por el radio del cinturón de Eddie.

–¡Eddie! ¡Eddie!

Él pulsó el botón.

–¡Lo estoy viendo! ¡Llama a seguridad!

Personas que subían corriendo de la playa señalaban como si hubieran ensayado esa escena. "¡Miren! ¡Allá arriba! ¡Un juego se soltó!" Eddie agarró su bastón y fue cojeando hasta la valla de seguridad que rodeaba la base de la plataforma; el manojo de llaves sonaba contra su cadera. El corazón se le había desbocado.

En la Caída Libre dos carritos hacían un descenso de esos que revuelven el estómago y se detenía en el último instante debido a un chorro de aire hidráulico. ¿Cómo se habría soltado un carrito así? Estaba ladeado unos centímetros por debajo de la plataforma superior, como si hubiera empezado a bajar y luego hubiera cambiado de idea.

Eddie llegó a la puerta y tuvo que tomar aliento. Domínguez venía corriendo desde el taller y casi se estrelló contra él.

–¡Óyeme bien! —dijo Eddie agarrando a Domínguez por los hombros. Lo apretaba con tanta fuerza que Domínguez hizo una mueca de dolor. ¡Óyeme bien! ¿Quién está ahí arriba?

–Willie.

–Bien. Debió accionar la parada de emergencia. Por eso está colgando el carrito. Sube por la escalerilla y dile que libere manualmente la sujeción de seguridad para que esas personas puedan salir. ¿De acuerdo? Está al fondo del carrito, así que vas a tener que sujetarlo mientras él se estira. ¿Entendido? Luego..., luego los dos... Los dos, no uno solo, ¿lo entiendes?, los dos sacan a esa gente. Uno sujeta al otro. ¿Entendido?

Domínguez asintió rápidamente con la cabeza.

–¡Después manden ese maldito carrito abajo para que podamos saber lo que pasó!

La cabeza de Eddie latía. Aunque en su parque nunca había habido accidentes importantes, conocía terribles historias relacionadas con su oficio. Una vez, en Brighton, un perno se desenroscó de una góndola y dos personas cayeron y se mataron. Otra vez, en el Parque de las Maravillas, un hombre había intentado cruzar el carril de una montaña rusa; cayó y quedó sujeto por los sobacos. Quedó encajado y empezó a chillar al ver que los carritos iban a toda velocidad hacia él y... Bueno, fue horrible.

Eddie se quitó aquello de la mente. Ahora había gente a su alrededor, tapándose la boca con la mano, mirando cómo Domínguez trepaba por la escalerilla. Eddie trató de recordar las entrañas de la Caída Libre. "Motor. Cilindros. Hidráulica. Juntas. Cables." ¿Cómo se podía soltar un carrito? Siguió visualmente el juego, desde las cuatro personas aterradas de la cima, bajando por el eje, hasta la base. "Motor. Cilindros. Hidráulica. Juntas. Cables."

Domínguez llegó a la plataforma superior. Hizo lo que Eddie le había dicho, agarró a Willie mientras éste se estiraba hacia la parte de atrás del carrito para soltar la sujeción. Una de las ocupantes se lanzó hacia Willie y casi lo echó fuera de la plataforma. La multitud contuvo el aliento.

–Espera... —se dijo Eddie a sí mismo.

Willie probó de nuevo. Esta vez logró accionar el dispositivo de seguridad.

–El cable —murmuró Eddie.

La barra se levantó y la multitud soltó un:

–¡Oooh!

Llevaron rápidamente a los ocupantes a la plataforma.

–El cable se está rompiendo...

Eddie tenía razón. En el interior de la base de la Caída Libre, oculto a la vista, el cable que subía el carrito número 2 había estado rozando durante los últimos meses en una polea bloqueada, que había ido serrando los hilos de acero del cable —como si pelara una espiga de trigo— hasta que prácticamente estuvieron cortados. Nadie lo había notado. ¿Cómo lo iban a notar? Sólo una persona que hubiera reptado dentro del mecanismo podría haber visto la improbable causa del problema.

La polea estaba bloqueada por un objeto pequeño que debía de haber caído por la abertura en algún momento.

Una llave de coche.

–¡No sueltes el carrito! —gritó Eddie. Hacía señas con las manos. ¡Oye! ¡Oooye! ¡Es el cable! ¡No sueltes el carrito! ¡Se partirá!

La multitud apagó su voz. Vitoreaba enfebrecida mientras Willie y Domínguez descargaban al último ocupante. Los cuatro estaban a salvo. Se abrazaban encima de la plataforma.

–¡Dom! ¡Willie! —gritaba Eddie. Una persona chocó contra su cintura, tirando su walkie-talkie al suelo. Eddie se dobló para recogerlo. Willie fue a los controles. Puso el dedo encima del botón verde. Eddie alzó la vista.

–¡No! ¡No! ¡No! ¡No hagas eso!

Eddie se volvió hacia la multitud.

–¡Atrás!

Algo de la voz de Eddie debía de haber atraído la atención de la gente; dejaron de soltar vítores y empezaron a dispersarse. Se hizo un claro debajo de la Caída Libre.

Y Eddie vio la última cara de su vida.

Caída encima de la base metálica del juego, como si alguien la hubiera tirado allí, la nariz moqueándole y las lágrimas llenándole los ojos, estaba la niña con el animal hecho con limpiapipas. ¿Amy? ¿Annie?

–Mami..., mamá..., mamá... —balbuceaba, casi rítmicamente, paralizada, como los niños cuando lloran.

–Mami..., mamá..., mami..., mamá...

La mirada de Eddie saltó de ella a los carritos. ¿Tenía tiempo? Ella y los carritos...

Whump. Demasiado tarde. Los carritos caían... "¡Dios santo, ha soltado el freno!" Para Eddie todo sucedió como en cámara lenta. Dejó caer su bastón e hizo esfuerzos con su pierna mala hasta que notó una descarga de dolor que casi lo hizo caer. Un gran paso. Otro paso. Dentro de la caja de la Caída Libre se rompió el último hilo del cable y destrozó la conducción hidráulica. El carrito número 2 ahora caía como un peso muerto, nada lo podría detener, una roca cayendo por un despeñadero.

En aquellos momentos finales, a Eddie le pareció oir el mundo entero: gritos lejanos, olas, música, una ráfaga de viento, un sonido grave, intenso y feo que, comprendió, era su propia voz que le perforaba el pecho. La niña alzó los brazos. Eddie se lanzó. Su pierna mala le falló. Medio volando, medio tambaleándose, avanzó hacia la pequeña y cayó en la plataforma metálica, que desgarró su camisa y le abrió la carne, justo debajo de la etiqueta en la que se leía "EDDIE" y "MANTENIMIENTO". Notó dos manos en la suya, dos manos pequeñas.

Hubo un gran impacto.

Un cegador relámpago de luz.

Y después, nada.

EL CUMPLEAÑOS DE EDDIE ES HOY

Década de 1920. En un hospital atestado de uno de los barrios más pobres de la ciudad, el padre de Eddie fuma cigarros en la sala de espera, donde hay otros padres que también fuman. La enfermera entra con una tablilla sujetapapeles. Dice su nombre. Lo pronuncia mal. Los demás hombres sueltan humo. ¿Y bien?

Él levanta la mano.

—Felicidades —dice la enfermera.

La sigue por el pasillo hasta la sala de los recién nacidos. Sus zapatos hacen un ruido seco contra el suelo.

—Espere aquí —dice la enfermera.

Por el cristal ve que ella comprueba los números de las cunas de madera. Pasa delante de una, no es la suya; de otra, no es la suya; de otra, no es la suya; de otra, no es la suya.

Se detiene. Allí. Debajo de la manta. Una cabeza diminuta con un gorrito azul. Comprueba su tablilla sujetapapeles otra vez, luego señala.

El padre respira pesadamente, asiente con la cabeza. Durante un momento su cara parece desmoronarse, como un puente que se hundiera en un río. Luego sonríe.

El suyo.

EL VIAJE

Eddie no vio nada de su momento final en la Tierra, ni del parque de diversiones, ni de la multitud, ni del carrito de fibra de cristal destrozado.

En las historias sobre la vida después de la muerte, muchas veces el alma flota por encima del momento del adiós, vuela sobre las patrullas de la policía en los accidentes de carretera, o se agarra como una araña a los techos de la habitación del hospital. Ésas son las personas a las que se concede una segunda oportunidad, las que por alguna razón recuperan su lugar en el mundo.

Eddie, al parecer, no tendría una segunda oportunidad.

¿Dónde...?
   ¿Dónde...?
   ¿Dónde...?

El cielo era una neblinosa sombra de color calabaza, luego turquesa intenso, luego lima brillante. Eddie estaba flotando y sus brazos todavía estaban extendidos.

¿Dónde...?

El carrito de la torre caía. Eso él lo recordaba. La niña —¿Amy? ¿Annie?— lloraba. Eso él lo recordaba. Recordaba que él se había lanzado hacia ella. Recordaba que él se había golpeado contra la plataforma. Notaba dos manitas en las suyas.

¿Luego qué?

¿La salvó?

Eddie sólo podía imaginarlo, como si hubiera pasado años atrás. Forastero todavía, no sentía ninguna de las emociones que se experimentan en tales ocasiones. Sólo sentía calma, como un niño acunado en los brazos de su madre.

¿Dónde...?

El cielo que le rodeaba volvió a cambiar, primero a un amarillo toronja, luego a un verde bosque, luego a un rosa que momentáneamente Eddie asoció con, qué sorpresa, algodón de azúcar.

¿La salvó?

¿Estaba viva?

¿Dónde...

...está mi preocupación?

¿Dónde está mi dolor?

Era eso lo que echaba en falta. Todo el daño que había sufrido alguna vez, todo el dolor que alguna vez había soportado; todo eso había desaparecido como una expiración. No sentía la agonía. No sentía tristeza. Notaba su conciencia humeante, ascendiendo en espiral, incapaz de nada excepto calma. Ahora, por debajo de él, los colores volvieron a cambiar. Algo hacía remolinos. Agua. Un oceano. Flotaba sobre un enorme mar amarillo. Ahora se volvía de color melón. Ahora era azul como un zafiro. Ahora él empezaba a caer, precipitándose hacia la superficie. Todo fue más rápido de lo que él había imaginado nunca, y, sin embargo, no sintió la brisa en su cara, y tampoco tuvo miedo. Vio la arena de una orilla dorada.

Luego estaba bajo el agua.

Luego todo estaba en silencio.

¿Dónde está mi preocupación?

¿Dónde está mi dolor?

EL CUMPLEAÑOS DE EDDIE ES HOY

Tiene cinco años. Es un domingo por la tarde en el Ruby Pier. Hay mesas plegables dispuestas en la pasarela de madera que se levanta junto a la alargada playa blanca. Hay un pastel de vainilla con velas azules y una jarra de jugo de naranja. Los empleados del parque de diversiones se mueven en las cercanías; los merolicos, los presentadores de los espectáculos, los cuidadores de animales, algunos de los del criadero de peces. El padre de Eddie, como de costumbre, participa en una partida de cartas. Eddie juega a sus pies. Su hermano mayor, Joe, está haciendo ejercicios gimnásticos delante de un grupo de mujeres mayores, que fingen interés y aplauden educadamente.

Eddie lleva puesto su regalo de cumpleaños: un sombrero rojo de vaquero y una cartuchera de juguete. Se levanta y corre de un grupo a otro, saca la pistola y dice:

—¡Bang, bang!

—Ven aquí, muchacho —Mickey Shea le hace señas desde un banco cercano.

–¡Bang, bang! —dice Eddie.

Mickey Shea trabaja con el padre de Eddie reparando los juegos. Es gordo, usa tirantes y siempre está cantando canciones irlandesas. A Eddie le huele raro, como el jarabe para la tos.

–Ven. Deja que te dé los coscorrones por tu cumpleaños —dice. Como hacemos en Irlanda.

De repente, los largos brazos de Mickey están debajo de los sobacos de Eddie y lo levantan, luego le dan la vuelta y queda colgando por los pies. El sombrero de Eddie cae al suelo.

–¡Cuidado, Mickey! —grita la madre de Eddie, y su padre alza la vista, sonríe y luego vuelve a su partida de cartas.

–Jo, jo. Lo tengo —dice Mickey. Ahora un coscorrón por cada año.

Mickey baja a Eddie con cuidado, hasta que la cabeza roza contra el suelo.

–¡Uno!

Mickey vuelve a alzar a Eddie. Los demás se les unen, riendo. Gritan:

–¡Dos...! ¡Tres...!

Boca abajo, Eddie no está seguro de quién es. La cabeza le empieza a pesar.

–¡Cuatro...! —gritan. ¡Y cinco!

Lo levantan, queda cabeza arriba y lo dejan en el suelo. Todos aplauden. Eddie agarra su sombrero y luego da un traspié. Se levanta, va tambaleándose hasta Mickey Shea y le da un puñetazo en el brazo.

–¡Jo, jo! ¿Y eso por qué, hombrecito? —dice Mickey. Todos se ríen. Eddie se voltea y se aleja corriendo, tres pasos, antes de encontrarse en los brazos de su madre.

–¿Estás bien, mi querido cumpleañero? —ella sólo está a unos centímetros de su cara. Él ve sus labios pintados de un rojo intenso, sus regordetas mejillas suaves y la onda de su pelo castaño.

–Estaba al revés —le cuenta él.

–Ya lo vi —dice ella.

Le vuelve a poner el sombrero en la cabeza. Más tarde dará un paseo con él por el parque, a lo mejor lo lleva a que se suba a un elefante, o a ver a los pescadores del muelle que recogen sus redes al caer la tarde, con los peces dando saltos como brillantes monedas mojadas. Ella le tomará de la mano y le dirá que Dios está orgulloso de él por ser un niño bueno el día de su cumpleaños, y eso hará que el mundo parezca que esté otra vez como debe.

La llegada

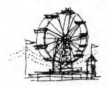

Eddie despertó dentro de una taza de té.

Formaba parte de algún juego de un antiguo parque; una taza de té grande, hecha de madera oscura, brillante, con un asiento tapizado y una puerta con bisagras de acero. Los brazos y las piernas de Eddie colgaban por encima de los bordes. El cielo continuaba cambiando de color, de un café de piel de zapato a un escarlata intenso.

Instintivamente buscó el bastón. Los últimos años lo dejaba junto a la cama porque había mañanas en que ya no tenía fuerzas para levantarse sin él. Eso le molestaba, pues antes solía dar palmadas en los hombros a sus amigos cuando los saludaba.

Pero ahora no estaba el bastón, por lo que Eddie suspiró y trató de levantarse. Sorprendentemente la espalda no le dolió. No sintió punzadas en la pierna. Hizo un esfuerzo mayor y saltó sin problemas por encima del borde de la taza de té. Cayó suavemente en el suelo, donde le sorprendieron tres rápidos pensamientos.

Primero, se sentía maravillosamente bien.

Segundo, estaba completamente solo.

Tercero, todavía estaba en el Ruby Pier.

Pero ahora era un Ruby Pier diferente. Había tiendas de lona, grandes espacios con césped y tan pocos obstáculos que se podía ver la musgosa rompiente de agua en el borde del oceano. Los colores de los juegos eran el rojo del cuartel de bomberos y el crema —nada de azules o granates—, y cada juego tenía su propia caseta de entrada de madera. La taza de té donde había despertado formaba parte de un antiguo juego que se llamaba Girómetro. Su cartel era de contrachapado, igual que los demás que colgaban bajos, encima de las fachadas de los puestos que se alineaban en el paseo.

¡CIGARROS EL TIEMPO! ¡ESO ES FUMAR!
¡SOPA DE PESCADO, 10 CENTAVOS!
¡EL LÁTIGO, LA SENSACIÓN DE LA TEMPORADA!

Eddie parpadeó muy sorprendido. Aquello era el Ruby Pier de su infancia, unos setenta y cinco años atrás, sólo que todo estaba nuevo y recién aseado. Más allá estaba el Rizar el Rizo, que había sido desmontado hacía décadas, y algo más lejos, los vestidores y las albercas de agua salada que habían sido demolidos en la década de 1950. Destacándose en el cielo estaba la rueda de la fortuna original —con su pintura blanca intacta— y, tras ella, las calles de su antiguo barrio y los tejados de las apiñadas casas de ladrillos, con cuerdas para tender la ropa entre las ventanas.

Eddie intentó gritar, pero sólo le salió un sonido ronco. Articuló un "¡Hola!", pero de su garganta no salió nada.

Se agarró brazos y piernas. Aparte de su falta de voz, se sentía increíblemente bien. Anduvo en círculos. Dio un salto. Ningún dolor. En los últimos diez años había olvidado lo que era andar sin una mueca de dolor o sentarse sin tener que hacer esfuerzos para acomodar la parte baja de la espalda. Por fuera, él tenía el mismo aspecto que el de aquella mañana: un viejo rechoncho, con el pecho abombado, que llevaba gorra, pantalones cortos y el overol café de su trabajo. Pero se sentía *flexible*. Tan flexible, en realidad, que se podía tocar los tobillos y levantar una pierna hasta su barriga. Exploró su cuerpo como un niño pequeño, fascinado por la nueva mecánica, un hombre de goma haciendo un estiramiento de hombre de goma.

Luego corrió.

¡Ja, ja! ¡Corría! Eddie no había corrido de verdad desde hacía más de sesenta años. Desde la guerra no había corrido, pero ahora estaba corriendo. Empezó con unos cuantos pasos cautelosos, luego aceleró, a toda velocidad, más rápido, más rápi-

do, corriendo como el muchacho que era en su juventud. Corrió por la pasarela de madera y pasó
por delante de un puesto de carnada viva para pescadores (cinco centavos) y de otro donde alquila-
ban trajes de baño (tres centavos). Pasó por delante
de un tobogán que se llamaba los Dibujos Desli-
zantes. Corrió por el paseo del Ruby Pier, debajo
de magníficos edificios de estilo árabe con agujas,
minaretes y cúpulas bulbosas. Pasó corriendo junto
al Carrusel Parisiense, con sus caballos de madera
tallada, cristales de espejo y música de organillo;
todo brillante y nuevo. Sólo una hora antes, o eso
parecía, él había estado rascando el óxido de sus
piezas en el taller.

  Bajó corriendo hasta el corazón de la antigua avenida central, donde en otro tiempo trabajaban los que adivinaban el peso o el porvenir y bailaban los gitanos. Retrajo la barbilla y extendió los
brazos como un planeador, y cada pocos pasos daba un salto, al igual que hacen los niños, esperando
que su carrera se convierta en vuelo. A cualquiera le
podría haber parecido ridículo ver a aquel emplea-
do de mantenimiento con el pelo blanco, completamente solo, haciendo el avión. Pero el niño que
corre está dentro de todos los hombres, sin importar la edad que tengan.

Y entonces Eddie dejó de correr. Había oído algo. Una voz metálica, como si procediera de un megáfono.

—Pasen y vean, damas y caballeros. Jamás habrán contemplado nada tan espantoso.

Eddie estaba parado junto a una caseta de entradas vacía delante de un enorme teatro. En el cartel de arriba se leía:

LOS HOMBRES MÁS EXTRAÑOS DEL MUNDO
¡EL GRAN ESPECTÁCULO DEL RUBY PIER!
¡EL HUMO SAGRADO! ¡SON GORDOS!
¡SON DELGADOS!
¡VEAN AL HOMBRE SALVAJE!

El espectáculo. La casa de los monstruos. La gran sensación. Eddie recordó que la habían cerrado hacía por lo menos cincuenta años, en la época en que la televisión se hizo popular y la gente no necesitaba ese tipo de espectáculos para avivar su imaginación.

—Pasen y vean a este salvaje. Tiene un defecto de nacimiento, de lo más extraño...

Eddie atisbó por la entrada. Allí dentro había visto a algunas personas muy raras. Estaba Jolly Jane, que pesaba más de doscientos cuarenta kilos y que necesitaba que dos hombres la empujaran para subir por las escaleras. Estaban las siamesas, que compartían la columna vertebral y tocaban instrumentos musicales. Y también los tragasables, las mujeres barbudas y una pareja de hermanos indios cuya piel se había vuelto de goma de tanto untársela y frotársela con aceite, y les colgaba de brazos y piernas.

Eddie, de niño, había sentido pena por las personas que exhibían allí. Las obligaban a sentarse en cabinas o a subirse en estrados, a veces entre rejas, mientras los visitantes pasaban entre ellas, burlándose y señalándolas. El que los anunciaba hacía publicidad de los monstruos, y era la voz de ese hombre la que Eddie oía ahora.

—¡Sólo un terrible giro del destino podía dejar a un hombre en una situación tan penosa! Lo hemos traído desde el otro extremo del mundo para que ustedes lo puedan ver...

Eddie entró en la sala en penumbra. La voz se hizo más potente.

—Este trágico desdichado ha sido víctima de la perversa naturaleza...

Llegaba desde el otro extremo de un estrado.

—Sólo aquí, en Los Hombres Más Extraños del Mundo, pueden ustedes estar tan cerca...

Eddie se acercó al telón.

—Deleiten su vista con la más extraor...

La voz del que lo anunciaba desapareció. Y Eddie retrocedió incrédulo.

Allí, sentado en una silla, solo sobre el estrado, había un hombre de edad madura con unos hombros estrechos y caídos, desnudo de cintura para arriba. La llantita le asomaba por encima del cinturón. Tenía el pelo muy corto, los labios finos y la cara aguileña y ojerosa. Eddie lo habría olvidado hacía mucho de no ser por un rasgo especial.

Su piel era azul.

–Hola, Edward —dijo—, te he estado esperando.

La primera persona
que Eddie encuentra en el cielo

–No tengas miedo —dijo el Hombre Azul levantándose lentamente de su silla—, no tengas miedo...

Su voz era tranquilizadora, pero Eddie no podía dejar de mirar. Apenas había tratado a aquel hombre. ¿Por qué lo veía ahora? Era como uno de esos rostros que se te aparecen en sueños y a la mañana siguiente dices: "Jamás adivinarías con quién soñé esta noche".

–Sientes el cuerpo como el de un niño, ¿verdad?

Eddie asintió con la cabeza.

–Es que cuando me conociste eras un niño. Empiezas con los mismos sentimientos que tuviste.

¿Empezar qué?, pensó Eddie.

El Hombre Azul alzó la barbilla. Su piel era una sombra grotesca, un arándano grisáceo. Tenía los dedos arrugados. Salió afuera. Eddie lo siguió. El parque estaba desierto. La playa estaba desierta. ¿Estaba desierto el planeta entero?

–Aclárame una cosa —dijo el Hombre Azul. Señaló al fondo una montaña rusa de madera con dos gibas. El Látigo. Fue construida en la década de 1920, antes de las ruedas de fricción inferior, lo que significaba que los coches no podían girar con mucha rapidez, a no ser que se quisiera que se saliesen de las vías. El Látigo—, ¿todavía es el "juego más rápido de la Tierra"?

Eddie miró el viejo aparato estruendoso, que había sido desmontado hacía años. Negó con la cabeza.

–Ah —dijo el Hombre Azul—, ya me lo imaginaba. Aquí las cosas no cambian. Y nadie mira abajo desde las nubes, me temo.

¿Aquí?, pensó Eddie.

El Hombre Azul sonrió como si hubiera oído la pregunta. Tocó a Eddie en el hombro y éste sintió una oleada de calor que no había experimentado nunca antes. Sus pensamientos salían en forma de frases.

¿Cómo morí?

–En un accidente —dijo el Hombre Azul.

¿Cuánto llevo muerto?

–Un minuto. Una hora. Mil años.

¿Dónde estoy?

El Hombre Azul frunció la boca, luego repitió la pregunta pensativamente:

–¿Dónde estás?

Se volteó y alzó los brazos. De pronto todos los juegos del Ruby Pier adquirieron vida: la rueda de la fortuna daba vueltas, los autos chocones se estrellaban unos contra otros, el Látigo iba cuesta arriba y los caballos del Carrusel Parisiense subían y bajaban en sus barras de latón al compás de la alegre música del organillo. El oceano estaba frente a ellos. El cielo era de color limón.

–¿Dónde crees tú? —preguntó el Hombre Azul. En el cielo.

¡No! Eddie negó violentamente con la cabeza. *¡No!* El Hombre Azul parecía divertido.

–¿No? ¿Esto no puede ser el cielo? —dijo. ¿Por qué? ¿Porque es donde te criaste tú?

Eddie articuló la palabra "sí".

–Ah —el Hombre Azul asintió con la cabeza. Verás. Muchas veces la gente da poca importancia al sitio donde nació. Pero el cielo puede encontrarse en los rincones más insospechados. Y el propio cielo tiene muchos niveles. Éste, para mí, es el segundo. Y para ti, el primero.

El Hombre Azul llevó a Eddie por el parque de diversiones. Pasaron por delante de puestos donde se vendían puros y de puestos de salchichas, y por los "locales de apuestas", donde los incautos perdían sus monedas de cinco y diez centavos.

¿El cielo?, pensó Eddie. Absurdo. Había pasado la mayor parte de su vida de adulto tratando de marcharse del Ruby Pier. Era un parque de diversiones, eso es todo, un sitio para gritar y remojarse y gastarse el dinero en muñecas. La idea de que fuera un lugar donde descansaban los bienaventurados superaba su imaginación.

Volvió a intentar hablar, y esta vez oyó un pequeño gruñido dentro del pecho. El Hombre Azul se volteó.

–Recuperarás la voz. Todos pasamos por lo mismo. Al principio, nada más al llegar, no se puede hablar.

Sonrió.

–Eso ayuda a escuchar.

᠀

–Hay cinco personas con las que te vas a encontrar en el cielo —dijo de repente el Hombre Azul. Cada una de ellas intervino en tu vida por algún motivo, pero a lo mejor tú no te diste cuenta de ello en su momento... y para eso existe el cielo, para entender tu vida en la Tierra.

Eddie pareció confuso.

–La gente cree que el cielo es un jardín del edén, un sitio donde se flota entre nubes y no se hace nada entre ríos y montañas. Pero un paisaje sin estímulos carece de significado.

"Éste es el mayor don que te puede conceder Dios: entender lo que te pasó en la Tierra. Que tenga explicación. Éste es el sitio que has andado buscando."

Eddie tosió, tratando de recuperar la voz. Se había cansado de estar en silencio.

—Yo soy la primera persona, Edward. Cuando morí, otras cinco me iluminaron la vida, y luego vine aquí a esperarte, para acompañarte mientras haces fila, para contarte mi historia, que se convierte en parte de la tuya. Habrá otras personas esperándote. A unas las conociste, a otras puede que no. Pero todas ellas se cruzaron en tu camino antes de que murieras. Y lo alteraron para siempre.

Eddie, con mucho esfuerzo, consiguió emitir un sonido que salió desde el pecho:

—¿Qué...? —dijo finalmente.

Su voz pareció que surgía de dentro de una cáscara de huevo, como la de un polluelo.

—¿Qué... fue...?

El Hombre Azul esperó pacientemente.

—¿Qué... fue... lo que lo mató... a usted?

El Hombre Azul pareció un poco sorprendido. Sonrió a Eddie.

—Me mataste tú —dijo.

Tiene siete años y su regalo es una nueva pelota de beisbol. La aprieta con las manos y nota una oleada de fuerza que le recorre los brazos. Imagina que él es uno de los héroes de sus tarjetas de jugadores, a lo mejor el gran lanzador Walter Johnson.

—Oye, lánzala —dice su hermano Joe.

Los dos corren por la avenida, pasado el puesto de tiro, donde si uno derriba tres botellas verdes gana un coco y un popote.

—Vamos, Eddie —dice Joe—, lánzala.

Eddie se detiene e imagina que está en un estadio. Lanza la pelota. Su hermano aprieta los codos y se agacha.

—¡Demasiado fuerte! —chilla Joe.

—¡Mi pelota! —grita Eddie. Eres un estúpido, Joe.

Eddie ve que la pelota va dando golpes por la pasarela y choca contra un poste de un pequeño claro de detrás de las tiendas de la casa de los monstruos. Corre tras ella. Joe lo sigue. Se tiran al suelo.

–¿La ves? —dice Eddie.

–No.

Un ruido fuerte los interrumpe. La puerta de una tienda se abre. Eddie y Joe levantan la vista. Ven a una mujer muy gorda y un hombre sin camisa con todo el cuerpo cubierto de pelo rojizo. Monstruos del espectáculo de monstruos.

Los niños quedan paralizados.

–Ustedes, listillos, ¿qué están haciendo ahí? —dice el hombre peludo haciendo una mueca. ¿Buscan problemas?

A Joe le tiemblan los labios. Empieza a gritar. Se levanta de un salto y se aleja corriendo, con los brazos subiendo y bajando enloquecidamente. Eddie también se levanta, y entonces ve su pelota en un soporte para serrar. Mira fijamente al hombre sin camisa y avanza lentamente hacia la pelota.

–Es mía —murmura. La recoge y corre detrás de su hermano.

–Oiga, señor mío —dijo Eddie con voz áspera. Yo jamás lo maté, ¿de acuerdo? Ni siquiera lo conozco.

El Hombre Azul se sentó en un banco. Sonrió como si tratara que un invitado se encontrara cómodo. Eddie siguió de pie, a la defensiva.

–Deja que empiece por mi verdadero nombre —dijo el Hombre Azul. Me bautizaron con el nombre de Joseph Corvelzchik. Soy hijo de un sastre de un pueblecito polaco. Vinimos a Estados Unidos en 1894. Yo sólo era un niño. Mi madre me subió a la barandilla del barco, y ése es mi recuerdo de infancia más antiguo, mi madre meciéndome a la brisa del nuevo mundo.

"Como la mayor parte de los inmigrantes, no teníamos dinero... Dormíamos en un colchón en la cocina de mi tío. Mi padre se vio obligado a trabajar en una fábrica, donde lo explotaban, cosiendo botones a abrigos, y cuando yo tenía diez años, me sacó de la escuela y trabajé en lo mismo que él."

Eddie miraba la cara picada de viruelas del Hombre Azul, sus labios delgados, su pecho hundido. *¿Por qué me está contando esto?*, pensó.

—Yo era un niño nervioso por naturaleza, y el ruido del taller sólo contribuyó a empeorar las cosas. Además, era demasiado joven para estar allí, entre todos aquellos hombres, que sudaban y se quejaban.

"Siempre que se acercaba el capataz, mi padre me decía: 'Agáchate. Que no se fije en ti'. Una vez, sin embargo, tropecé y tiré una bolsa de botones, que se desparramaron por el suelo. El capataz gritó que yo era un inútil, un niño inútil, que me debía ir. Todavía veo aquel momento: a mi padre rogándole como un mendigo callejero, al capataz burlándose y limpiándose la nariz con el dorso de la mano. Yo tenía el estómago encogido de miedo. Entonces noté algo que me mojaba la pierna. Bajé la vista. El capataz señalaba mis pantalones mojados y se reía, y los demás trabajadores también se reían.

"Después de eso mi padre se negó a hablar conmigo. Consideraba que lo había avergonzado y supongo que, dentro de su mundo, eso había hecho. Pero los padres pueden echar a perder a sus hijos, y yo, en cierto modo, me eché a perder después de eso. Yo era un niño nervioso, y cuando me hice mayor, fui un joven nervioso y, lo que era aún peor, por las noches todavía mojaba la cama. Por la mañana metía a escondidas las sábanas en una palangana y las lavaba. Una mañana alcé la vista y vi a mi padre. Él había visto las sábanas mojadas, luego me miró fijamente con unos ojos que jamás olvidaré, como si quisiera romper el vínculo vital entre nosotros."

El Hombre Azul hizo una pausa. Su piel, que parecía empapada por un líquido azul, le hacía pequeños pliegues de grasa en torno al cinturón. Eddie no podía apartar la vista.

—Yo no siempre fui un monstruo, Edward —dijo. Pero en aquel tiempo la medicina era bastante primitiva. Fui a una farmacia en busca de algo para los nervios. El dueño me dio un frasco de nitrato de plata y me dijo que lo mezclara con agua y lo tomase todas las noches. Nitrato de plata. Posteriormente se le consideró veneno. Pero era todo lo que yo tenía, y cuando cometía errores en el trabajo, pensaba que era porque no estaba tomando suficiente nitrato. De modo que tomaba más. Me metía entre pecho y espalda dos tragos, a veces tres, y sin agua.

"La gente pronto empezó a mirarme con extrañeza. Mi piel estaba adquiriendo un color ceniciento.

"Yo estaba avergonzado y muy nervioso. Incluso llegué a tomar más nitrato de plata, hasta que la piel pasó de ser gris a ser azul, un efecto secundario del veneno."

El Hombre Azul hizo una pausa. Habló en una voz más baja.

—Me echaron de la fábrica. El capataz dijo que asustaba a los demás obreros. Sin trabajo, ¿cómo me las iba a arreglar para comer? ¿Dónde iba a vivir?

"Encontré una taberna, un sitio oscuro donde me podía ocultar bajo un sombrero y un abrigo. Una noche, un grupo de hombres de feria estaba al fondo. Fumaban puros. Se reían. Uno de ellos, un tipo más bien bajo con una pata de palo, no dejaba de mirarme. Finalmente se me acercó.

"Al terminar la noche, había llegado a un acuerdo con ellos para aparecer en su espectáculo. Y empezó mi vida como mercancía."

Eddie se fijó en el aspecto resignado de la cara del Hombre Azul. Muchas veces se había preguntado de dónde venían los que se exponían en el espectáculo de monstruos. Suponía que detrás de cada uno de ellos había una historia triste.

—Los de la feria me pusieron nombres, Edward. A veces yo era el Hombre Azul del Polo Norte, otras el Hombre Azul de Argelia y otras el Hombre Azul de Nueva Zelanda. Yo jamás había estado en ninguno de aquellos sitios, claro, pero me complacía que me consideraran exótico, aunque sólo fuera en un cartel escrito. El "espectáculo" era sencillo. Yo me sentaba en el escenario, medio desnudo, mientras pasaba la gente y el presentador les contaba lo patético que yo era. Por medio de eso, conseguía embolsarme unas cuantas monedas. El director dijo una vez que yo era el "mejor monstruo" de su espectáculo y, por triste que suene, aquello me enorgulleció. Cuando uno es un paria, hasta que le tiren una piedra puede ser bien recibido.

"Un invierno vine a este parque de diversiones. El Ruby Pier. Estaban montando un espectáculo que se llamaba Los Hombres Extraños. Me gustó la idea de estar en un sitio fijo y escapar de los traqueteos de las carretas de caballos y de la vida en un espectáculo ambulante.

"Este sitio se convirtió en mi casa. Vivía en la habitación de encima de una tienda de salchichas. Por las noches jugaba a las cartas con otros que trabajaban en el espectáculo, con los hojalateros y, a veces, hasta con tu padre. Por la mañana llevaba camisas de manga larga y me envolvía la cabeza con una toalla, así podía pasear por esta playa sin asustar a la gente. Puede que no parezca mucho, pero para mí era una libertad que había conocido raramente.

Se interrumpió. Miró a Eddie.

–¿Entiendes por qué estamos aquí? Éste no es tu cielo. Es el mío.

Considérese una historia vista desde dos ángulos diferentes.

Por una parte, un lluvioso domingo de julio, a finales de la década de 1920. Eddie y sus amigos se están lanzando una pelota de beisbol que a Eddie le regalaron por su cumpleaños casi un año antes. En un momento dado la pelota pasa volando por encima de la cabeza de Eddie y alcanza la calle. Él, que lleva unos pantalones rojos y un gorro de lana, sale corriendo tras ella y se encuentra con que viene un automóvil, un Ford A. El coche chirría, vira y casi lo atropella. Eddie tiembla, respira con dificultad, recoge la pelota y corre de vuelta con sus amigos. El partido termina enseguida y los niños se dirigen al salón de juegos a jugar con el Buscador del Erie, que tiene un mecanismo en forma de garra que sujeta pequeños juguetes.

Ahora considérese la misma historia desde un ángulo distinto. Un hombre está al volante de un Ford A, que ha pedido prestado a un amigo para hacer prácticas de conducción. La calzada está mojada por la lluvia de la mañana. De pronto, una pelota de beisbol bota atravesando la calle y un niño sale corriendo detrás de ella. El conductor pisa a fondo el freno y se agarra al volante. El coche patina, los neumáticos chirrían.

El hombre se las arregla para recuperar el control y el Ford A sigue su marcha. El niño ha desaparecido del espejo retrovisor, pero el hombre todavía se siente alterado; piensa en lo cerca que ha estado de una tragedia. La descarga de adrenalina ha obligado a su corazón a funcionar muy deprisa, pero ese corazón no es fuerte y el esfuerzo lo agota. Entonces el hombre siente un mareo y la cabeza le cae momentáneamente hacia delante. Su automóvil casi choca con otro. El segundo conductor toca la bocina, el hombre gira el volante y vuelve a virar pisando el pedal del freno. Patina por una avenida y luego dobla por una calle. Su vehículo rueda hasta que choca contra la parte de atrás de un camión estacionado. Hay un pequeño sonido de choque. Los faros se hacen añicos. La colisión impulsa al hombre contra el volante. La frente le sangra. Se baja del auto, comprueba los daños, luego se derrumba en el pavimento mojado. El brazo le duele. Siente una opresión en el pecho. Es un domingo por la mañana. La calle está desierta. Se queda allí, sin que nadie se fije en él, caído al costado del coche. La sangre ya no fluye desde sus arterias coronarias hasta el corazón. Pasa una hora. Lo encuentra un policía. Un reconocimiento médico determina que está muerto. El motivo de la muerte se registra como "ataque al corazón". No hay parientes conocidos.

He aquí una historia vista desde dos ángulos diferentes. Es el mismo día, el mismo momento, pero desde uno de los ángulos la historia termina felizmente, en un salón de juegos, con el niño de los pantalones rojos metiendo monedas en el Buscador del Erie; y desde el otro ángulo termina mal, en el depósito de cadáveres de una ciudad, donde uno de los empleados llama a otro y los dos se extrañan de la piel azul del que acaban de traer.

–¿Lo ves? —susurró el Hombre Azul después de terminar la historia desde su punto de vista—, ¿niño?

Eddie sintió un escalofrío.

–No puede ser —susurró.

Tiene ocho años. Está sentado en el borde de un sofá a cuadros, con los brazos cruzados, enojado. Tiene a su madre a los pies, atándole los cordones de los zapatos. Su padre está ante el espejo arreglándose la corbata.

—No quiero ir —dice Eddie.

—Ya lo sé —dice su madre, sin levantar la vista—, pero tenemos que ir. A veces uno tiene que hacer cosas cuando pasan cosas tristes.

—Pero es mi cumpleaños.

Eddie mira enfurruñado desde el otro lado de la habitación la grúa montada en el rincón; está hecha con vigas metálicas de juguete y tres pequeñas ruedas de goma. Eddie había estado haciendo un camión. Es bueno montando cosas. Había esperado enseñárselo a sus amigos en la fiesta de su cumpleaños. En lugar de eso, tienen que ir a un sitio y vestirse de manera elegante. Eso no está nada bien, piensa.

Su hermano Joe, vestido con pantalones de lana

y una corbata de moño, entra con un guante de beisbol en la mano izquierda. Le da un golpe. Se burla de Eddie.

—Ésos eran mis zapatos viejos —dice Joe. Los nuevos que tengo son mejores.

Eddie frunce el ceño. Aborrece tener que ponerse las cosas viejas de Joe.

—Deja de quejarte —dice su madre.

—Me hacen daño —protesta Eddie.

—¡Ya está bien! —grita su padre. Atraviesa a Eddie con la mirada. Eddie se calla.

En el cementerio, Eddie apenas reconoce a los del parque de diversiones. Los hombres que normalmente visten lamé dorado y turbantes rojos, ahora visten trajes negros, como su padre. Parece que todas las mujeres llevan el mismo vestido negro; algunas se tapan la cara con velos.

Eddie mira a un hombre que echa tierra con una pala en un agujero. El hombre dice algo sobre unas cenizas. Eddie se aferra a la mano de su madre y bizquea mirando el sol. Debería estar triste, lo sabe, pero en secreto está contando números, a partir del uno; espera que cuando llegue a mil volverá el día de su cumpleaños.

LA PRIMERA LECCIÓN

–Señor, por favor... —imploró Eddie—, yo no sabía... Créame... Dios me asista, yo no lo sabía.

El Hombre Azul asintió con la cabeza.

–No lo podías saber. Eras muy pequeño.

Eddie dio un paso atrás. Se puso en guardia, como preparándose para una pelea.

–Pero ahora lo tengo que pagar —dijo.

–¿Pagar?

–Mi pecado. Por eso estoy aquí, ¿verdad? ¿Justicia?

El Hombre Azul sonrió.

–No, Edward. Estás aquí para que yo te pueda enseñar algo. Todas las personas con las que te encontrarás aquí tienen una cosa que enseñarte.

Eddie no lo creía. Siguió con los puños cerrados.

–¿Cuál? —dijo.

–Que no hay actos fortuitos. Que todos estamos relacionados. Que uno no puede separar una vida de otra más de lo que puede separar una brisa del viento.

Eddie sacudió la cabeza.

–Nosotros estábamos lanzando una pelota. Fue una estupidez mía... salir corriendo de aquel modo. ¿Por qué tuvo que morir usted en vez de yo? No está bien.

El Hombre Azul extendió la mano.

–Lo que está bien —dijo— no dirige la vida y la muerte. Si lo hiciera, ninguna persona joven moriría jamás.

Extendió la mano con la palma hacia arriba y de pronto estaban en un cementerio detrás de un pequeño grupo de asistentes a un entierro. Un sacerdote leía una Biblia junto a la tumba. Eddie no veía las caras, sólo la parte de atrás de los sombreros, vestidos y trajes.

–Mi entierro —dijo el Hombre Azul. Fíjate en los que asisten. Algunos ni siquiera me conocían bien, pero fueron. ¿Por qué? ¿Nunca te lo has preguntado? ¿Por qué se reúne la gente cuando mueren los demás? ¿Por qué considera la gente que debe hacerlo?

"Lo hace porque el espíritu humano sabe, en el fondo, que todas las vidas se entrecruzan. Que la muerte no sólo se lleva a alguien, deja a otra persona, y en la pequeña distancia entre que a uno se lo lleve o lo deje, las vidas cambian.

"Dices que deberías haber muerto tú en vez de yo. Pero durante mi vida en la Tierra también hubo personas que murieron en mi lugar. Es algo que pasa todos los días. Cuando cae un rayo un momento después de que te hayas ido, o se estrella un avión en el que podrías haber estado. Cuando tu compañero de trabajo enferma y tú no. Creemos que esas cosas son fortuitas, pero hay un equilibrio en todo. Uno se marchita, otro crece. El nacimiento y la muerte forman parte de un todo.

"Por eso nos gustan tanto los niños pequeños... —se volteó hacia los asistentes al sepelio— y los entierros."

Eddie volteó a mirar a los reunidos en torno a la tumba. Se preguntó si a él le harían un funeral. Se preguntó si acudiría alguien. Vio al sacerdote leyendo la Biblia y a los asistentes con la cabeza baja. Se trataba del día del entierro del Hombre Azul, hacía muchos años. Eddie había asistido, era niño y no se estuvo quieto durante la ceremonia, ignorando el papel que desempeñaba allí.

–Sigo sin entenderlo —susurró Eddie—, ¿qué fue lo bueno que trajo su muerte?

–Tú viviste —respondió el Hombre Azul.

–Pero apenas nos conocíamos. Yo era un perfecto desconocido.

El Hombre Azul puso los brazos sobre los hombros de Eddie. Éste notó aquella sensación cálida, de fusión.

–Los desconocidos —dijo el Hombre Azul— sólo son familiares a los que todavía no se ha llegado a conocer.

Con eso, el Hombre Azul atrajo hacia sí a Eddie. Éste notó instantáneamente que todo lo que el Hombre Azul había sentido en su vida pasaba a él, se deslizaba al interior de su cuerpo; la soledad, la vergüenza, el nerviosismo, el ataque al corazón. Todo se introdujo en Eddie como cuando se cierra un cajón.

–Me marcho —le susurró al oído el Hombre Azul—, para mí se ha terminado este nivel del cielo. Pero tú conocerás a otros aquí.

–Espere —dijo Eddie echándose hacia atrás. Dígame únicamente una cosa: ¿salvé a la niña? En el parque de diversiones. ¿La salvé?

El Hombre Azul no contestó. Eddie se vino abajo.

–Entonces mi muerte fue inútil, lo mismo que mi vida.

–Ninguna vida es inútil —dijo el Hombre Azul. Lo único que es inútil es el tiempo que pasamos pensando que estamos solos.

Dio unos pasos en dirección a la tumba y sonrió. Y cuando hizo eso, su piel adquirió un bello tono de color caramelo, suave y sin manchas. Eddie pensó que era la piel más perfecta que había visto nunca.

–¡Espere! —gritó Eddie, pero de pronto fue llevado por el aire lejos del cementerio, y volaba por encima del gran oceano gris. Bajo él, vio los techos del antiguo Ruby Pier, las agujas y torreones, las banderas ondeando con la brisa.

Luego desapareció todo.

Domingo, 15:00 horas

De nuevo en el parque de diversiones. La gente seguía callada en torno a los restos de la Caída Libre. Las señoras mayores se llevaban la mano a la garganta. Las madres tiraban de sus hijos. Varios hombres fornidos en camiseta se abrieron paso hacia delante, como si fueran a resolver algo, pero una vez llegados allí, también se limitaron a mirar, impotentes. El sol achicharraba y afilaba las sombras, obligaba a que la gente protegiera sus ojos haciendo una visera con la mano, como si estuviera haciendo el saludo militar.

"¿Ha sido grave?", susurraba la gente. Domínguez se abrió paso desde el fondo del grupo, con la cara roja, la camisa empapada de sudor. Vio la carnicería.

–Oh, no, no, Eddie —gimió llevándose las manos a la cabeza.

Llegaron los de seguridad. Echaron a la gente hacia atrás. Pero luego también ellos adoptaron posturas de impotencia, con las manos en la cadera, a la espera de ambulancias. Era como si todos —las madres, los padres, los niños con sus vasos gigantes de refresco— estuvieran demasiado aturdidos para mirar y demasiado aturdidos para marcharse. Tenían la muerte a sus pies, mientras una alegre cancioncilla salía de los altavoces del parque.

"¿Ha sido grave?" Se oyeron sirenas. Llegaron hombres uniformados. Se acordonó la zona con una cinta de plástico amarilla. Los puestos bajaron las persianas. Los juegos fueron cerrados indefinidamente. Por la playa se corrió la voz de lo que había pasado, y a la caída del sol el Ruby Pier estaba desierto.

Desde su dormitorio, incluso con la puerta cerrada, Eddie huele el filete de ternera que prepara su madre con pimientos verdes y cebollas dulces; un intenso olor a leña que le encanta.

—¡Eeeddie! —le grita su madre desde la cocina. ¿Dónde estás? ¡Ya estamos todos!

Él se da la vuelta en la cama y deja a un lado la revista de cómics. Hoy tiene diecisiete años, demasiado mayor para esas cosas, pero todavía le gusta la idea —héroes de colores como el Hombre Enmascarado, que lucha contra los malos para salvar al mundo. Regaló su colección a sus primos rumanos, que son pequeños y vinieron a Estados Unidos unos meses antes. La familia de Eddie los recibió en el muelle, y se instalaron en el dormitorio que Eddie compartía con su hermano Joe. Los primos no saben hablar inglés, pero les gustan los cómics. En cualquier caso, eso sirve a Eddie de excusa para conservarlos.

—Ahí está el niño del cumpleaños —exclama su

madre cuando él entra lentamente en la cocina. Lleva una camisa blanca de cuello blando y una corbata azul, que le pellizca su musculoso cuello. Un murmullo de holas, de vasos de cerveza que se alzan de los visitantes reunidos, familiares, amigos, trabajadores del parque. El padre de Eddie está jugando a las cartas en el rincón, entre una nubecilla de humo de puro.

–Oye, mamá, ¿a que no lo sabes? —grita Joe. Eddie conoció a una muchacha ayer por la noche.

–¿Sííí? ¿De verdad?

Eddie nota que se sonroja.

–Sí. Dijo que se iba a casar con ella.

–Cierra el pico —le dice Eddie a Joe.

Éste no le hace caso.

–Sí, entró en la habitación con los ojos desorbitados, y dijo: "Joe, ¡conocí a la mujer con la que me voy a casar!".

Eddie grita:

–¡Te dije que te calles!

–¿Cómo se llama, Eddie? —pregunta alguien.

–¿Va a misa?

Eddie se dirige a su hermano y le da un golpe en el brazo.

–¡Aaay!

–¡Eddie!

–¡Te he dicho que cierres el pico!

Joe suelta:

–Y bailó con ella en el Polvo de...

Un golpe.

–¡Aaay!

–¡*Cierra el pico!*

–¡*Eddie! ¡Ya está bien! ¡Basta!*

Ahora hasta los primos rumanos levantan la vista —esforzándose por entender—, mientras los dos hermanos se agarran uno al otro y forcejean despejando el sofá, hasta que el padre de Eddie se quita el puro y grita:

–¡*Paren inmediatamente si no quieren que les cruce la cara a los dos!*

Los hermanos se separan, jadeantes y mirándose fijamente. Algunos parientes mayores sonríen. Una de las tías susurra:

–*Pues esa muchacha le debe de gustar.*

Más tarde, después de haberse comido el filete especial y apagar las velas del pastel y cuando todos los invitados ya se han ido a casa, la madre de Eddie enciende el radio. Hay noticias acerca de la guerra en Europa, y el padre de Eddie dice algo sobre que la madera y el cable de cobre van a ser difíciles de conseguir si las cosas empeoran. Aquello hará casi imposible el mantenimiento del parque.

–*Qué noticias tan espantosas —dice la madre de Eddie. No son apropiadas para una fiesta de cumpleaños.*

Mueve el sintonizador hasta que la cajita ofrece música, una orquesta que interpreta una alegre melodía. Sonríe y tararea. Luego se acerca a Eddie, que está arrellanado en su silla comiendo las últimas migajas del pastel. Se quita el delantal, lo dobla y lo deja encima de una silla, y toma a Eddie de las manos.

–*Enséñame cómo bailaste con tu nueva amiguita —dice.*

–Vamos, mamá...

–Enséñame.

Eddie se pone de pie como si fuera camino de su ejecución. Su hermano sonríe. Pero su madre, con su hermosa cara redonda, no deja de tararear y de moverse hacia delante y hacia atrás, hasta que Eddie inicia unos pasos de baile con ella.

–Laralá, laralí... —canta ella al ritmo de la melodía. Cuando estás conmiiigo... La, la... Las estrellas y la luna... La, la, la... En junio...

Se mueven por la sala hasta que Eddie cede y se ríe. Ya es unos buenos quince centímetros más alto que su madre, pero ella lo lleva con comodidad.

–Entonces, ¿te gusta esa joven? —susurra ella.

Eddie pierde un paso.

–Es estupendo —dice su madre. Me alegro por ti.

Dan vueltas a la mesa, y la madre de Eddie agarra a Joe y lo levanta.

–Ahora bailen los dos —dice ella.

–¿Con él?

–¡Mamá!

Pero ella insiste y ellos ceden, y Joe y Eddie pronto están riéndose y dando saltos uno junto al otro. Se toman de la mano y se mueven, arriba y abajo, haciendo unos círculos exagerados. Dan vueltas y más vueltas a la mesa, ante el placer de su madre, mientras el clarinetista se destaca en la melodía de la radio y los primos rumanos aplauden y los últimos restos del olor a filete a la parrilla se desvanecen en el aire de fiesta.

La segunda persona
que Eddie encuentra en el cielo

Eddie notaba que sus pies tocaban el suelo. El cielo volvía a cambiar, de azul cobalto a gris carbón vegetal, y Eddie ahora estaba rodeado de árboles caídos y escombros ennegrecidos. Se agarró los brazos, hombros, muslos y pantorrillas. Se notaba más fuerte que antes, pero cuando trató de tocarse los dedos de los pies, ya no pudo hacerlo. La flexibilidad había desaparecido. Ya no existía la sensación infantil de ser de goma. Cada músculo que tenía estaba tan tenso como una cuerda de piano.

Paseó la vista por el terreno sin vida que lo rodeaba. En una colina cercana había una carreta destrozada y los huesos podridos de un animal. Eddie notó un viento ardiente que le azotaba la cara. El cielo explotó en llamaradas amarillas.

Y una vez más, Eddie corrió.

Ahora corría de modo diferente, con los pesados pasos bien medidos de un soldado. Oyó un trueno —o algo parecido a un trueno, explosiones o estallidos de bombas— y se tiró instintivamente al suelo. Cayó sobre el estómago y se arrastró apoyándose en los antebrazos. El cielo se abrió violentamente y soltó borbotones de lluvia; un chaparrón espeso y pardusco. Eddie agachó la cabeza y reptó por el lodo, escupiendo el agua sucia que le llegaba a los labios.

Finalmente notó que su cabeza chocaba contra algo sólido. Alzó la vista y vio un fusil clavado en el suelo, con un casco puesto encima y unas cuantas placas de identificación colgando del portafusil. Parpadeando en medio de la lluvia, pasó los dedos por las placas de identificación, luego gateó enloquecido hacia atrás metiéndose en la porosa pared de enredaderas fibrosas que colgaban de un enorme ficus. Se hundió en su espesura. Se sentó encogido sobre sí mismo. Trató de contener la respiración. El miedo se había apoderado de él, incluso en el cielo.

El nombre de una de las placas de identificación era el suyo.

Los jóvenes van a la guerra. Unas veces porque tienen que ir, otras veces porque quieren. Siempre creen que todos esperan que vayan. Eso tiene su origen en las tristes, complicadas historias de la vida, que durante los siglos han considerado que el valor está asociado con tomar las armas, y la cobardía con dejarlas a un lado.

Cuando este país participó en la guerra, Eddie despertó temprano una mañana lluviosa, se rasuró, se peinó el pelo hacia atrás y fue a alistarse. Otros estaban combatiendo. Él haría lo mismo.

Su madre no quería que fuera. Su padre, cuando le comunicó la noticia, encendió un puro y soltó el humo lentamente.

–¿Cuándo? —fue lo único que preguntó.

Como nunca había disparado con un fusil de verdad, Eddie empezó a practicar en el tiro al blanco del Ruby Pier. Pagabas cinco centavos y el aparato empezaba a zumbar, apretabas el gatillo y disparabas contra siluetas metálicas con dibujos de animales de la selva, como un león o una jirafa. Eddie iba todas las tardes, después de ocuparse de la palanca del freno del Minitrén Infantil. El Ruby Pier había añadido unos cuantos juegos nuevos y más pequeños, porque las montañas rusas, después de la Depresión, se habían vuelto demasiado caras. El Minitrén era uno de esos juegos nuevos; sus vagones no eran más altos que el muslo de un hombre adulto.

Eddie, antes de alistarse, había estado trabajando para ahorrar dinero con el que pagaría sus estudios de ingeniería. Aquél era su objetivo; quería construir cosas, aunque su hermano Joe no dejaba de decir:

–Vamos, Eddie, tú no eres lo bastante listo para eso.

Pero una vez que empezó la guerra, el parque de diversiones iba mal. Ahora la mayoría de los clientes de Eddie eran mujeres solas con niños cuyos padres estaban combatiendo. A veces los niños le pedían que los levantara hasta su cabeza, y cuando Eddie accedía, veía las tristes sonrisas de las madres: suponía que les gustaba que levantaran a sus hijos, pero creía que habrían preferido que fueran otros los brazos que lo hicieran. Él, pensaba Eddie, pronto se uniría a aquellos hombres lejanos, y su vida de engrasador de rieles y controlador de palancas de freno terminaría. La guerra era su llamado a la edad adulta. Y a lo mejor hasta alguien lo extrañaba.

Una de aquellas últimas tardes, Eddie estaba apoyado en el pequeño puesto de tiro al blanco disparando profundamente concentrado. ¡Pum! ¡Pum! Intentaba imaginar que disparaba a un enemigo de verdad. ¡Pum! ¿Harían ruido cuando los alcanzara —¡pum!— o simplemente caerían, como los leones y las jirafas?

¡Pum! ¡Pum!

–Practicando para matar, ¿eh, niño?

Mickey Shea se había detenido detrás de él. Tenía el pelo del color del helado de vainilla, húmedo de sudor, y la cara se le había puesto roja debido a la bebida. Eddie se encogió de hombros y volvió a disparar. ¡Pum! Otro blanco. ¡Pum! Otro.

–Oye —protestó Mickey.

A Eddie le hubiera gustado que Mickey se fuera y lo dejara mejorar su puntería. Notaba al viejo borracho a su espalda. Oía su trabajosa respiración, los siseos del aire que le entraban y salían por la nariz, como una llanta de bicicleta a la que inflaban con una bomba.

Eddie siguió disparando. De pronto, notó que le agarraban el hombro con fuerza.

–Escucha, niño —la voz de Mickey era un gruñido grave—, la guerra no es un juego. Si es preciso disparar, se dispara, ¿entiendes? No te sientes culpable. No hay que dudar. Uno dispara y dispara, y no piensa ni contra quién, ni si lo mata, ni por qué, ¿entendido? Si quieres volver a casa, limítate a disparar, no pienses.

Apretó con más fuerza.

–Lo que mata es el pensar.

Eddie se dio la vuelta y miró fijamente a Mickey. Éste le dio una bofetada fuerte en la mejilla y Eddie, instintivamente, alzó el puño para responder. Pero Mickey eructó y dio un tumbo tambaleante hacia atrás. Luego miró a Eddie como si estuviera a punto de echarse a llorar. El fusil del tiro al blanco dejó de zumbar. Los cinco centavos de Eddie se habían terminado.

Los jóvenes van a la guerra, unas veces porque tienen que ir, otras veces porque quieren. Unos días después, Eddie metió sus cosas en una bolsa de lona y dejó atrás el parque de diversiones.

🢒

Dejó de llover. Eddie, temblando y mojado debajo del ficus, soltó una larga y profunda exhalación. Apartó las lianas y vio el casco y el fusil todavía clavado en el suelo. Recordó por qué hacían eso los soldados: era para señalar las tumbas de sus muertos.

Salió avanzando a cuatro patas. A lo lejos, bajo unas pequeñas ondulaciones, estaban los restos de una aldea, bombardeada y quemada, reducida a poco más que escombros. Durante un momento, Eddie miró fijamente, con la boca algo abierta, enfocando mejor la escena con los ojos. Entonces el pecho se le encogió igual que el de un hombre que acabara de recibir malas noticias. Aquel sitio. Lo conocía. Se le había aparecido en sueños.

–Viruela —dijo de pronto una voz.

Eddie se dio la vuelta.

–Viruela. Tifus. Tétanos. Fiebre amarilla.

Venía de arriba, de algún punto del árbol.

–Nunca he sabido lo que era la fiebre amarilla. Demonios. Nunca he conocido a nadie que la tuviera.

La voz era potente, con un leve acento sureño y un tanto ronca, como la de un hombre que llevara horas gritando.

–Me pusieron inyecciones para todas esas enfermedades y de todos modos he muerto aquí, y estaba tan sano.

El árbol se agitó. Un fruto pequeño cayó delante de Eddie.

–¿Te gustan las manzanas? —dijo la voz.

Eddie se levantó y se aclaró la voz.

–Sal de ahí —dijo.

–Sube tú —dijo la voz.

Y Eddie estaba en el árbol, cerca de la copa, que era tan alta como un edificio de oficinas. Las piernas le colgaban de la rama donde estaba sentado y el suelo parecía una gota muy lejana. Entre las ramas más pequeñas y las delgadas hojas, Eddie distinguía apenas la figura de un hombre en traje militar, apoyado en el tronco del árbol. Tenía la cara cubierta con una sustancia negra como el carbón. Los ojos le brillaban como pequeños focos.

Eddie tragó con dificultad.

–¿Mi capitán? —susurró. ¿Es usted?

Habían servido juntos en el ejército. El capitán era el oficial al mando de Eddie. Combatieron en Filipinas y se separaron en Filipinas, y nunca se habían vuelto a ver. Eddie había oído que murió en combate.

Apareció una espiral de humo de cigarro.

–¿Te han enseñado las ordenanzas, soldado?

Eddie bajó la vista. Vio la tierra muy abajo, aunque se daba cuenta de que no se podía caer.

–Estoy muerto —dijo.

–Tienes derecho a eso.

–Y usted está muerto.

–También tengo ese derecho.

–Y usted es... ¿mi segunda persona?

El capitán sostenía su cigarro en la mano. Sonrió como queriendo decir: "¿Te puedes creer que esté fumando aquí arriba?", luego dio una larga chupada y soltó una nubecilla de humo blanco.

–No me esperabas, ¿verdad que no?

🐉

Eddie aprendió muchas cosas durante la guerra. Aprendió a ir subido encima de un carro de combate. Aprendió a rasurarse con agua fría que ponía en su casco. Aprendió a tener cuidado cuando disparaba desde un pozo de tirador, no fuera que alcanzara un árbol y se hiriera a sí mismo con un proyectil desviado.

Aprendió a fumar. Aprendió a desfilar. Aprendió a cruzar un puente colgante de cuerdas mientras cargaba —todo a la vez— con un impermeable, un radio, una carabina, una máscara de gas, un trípode de ametralladora, una mochila y varias cananas colgadas del hombro. Aprendió a tomar el peor café que había probado nunca.

Aprendió unas cuantas palabras de otros

idiomas. Aprendió a escupir muy lejos. Aprendió a escuchar la charla nerviosa de un soldado que ha sobrevivido a su primer combate, cuando los hombres se dan palmaditas en la espalda unos a otros y sonríen como si todo hubiera terminado —"¡Ahora podemos volver a casa!"—, y aprendió a soportar la depresión de un soldado después de su segundo combate, cuando se da cuenta de que la guerra no se termina con una batalla, que habrá más y más después de aquélla.

Aprendió a silbar entre los dientes y a dormir en suelo pedregoso. Aprendió que la sarna son unos ácaros que pican mucho y se te entierran en la piel, especialmente si llevas la misma ropa sucia durante una semana. Aprendió que los huesos de un hombre son blancos cuando asoman por entre la piel.

Aprendió a rezar a toda velocidad y en qué bolsillo guardar las cartas para su familia y para Marguerite, por si acaso sus compañeros lo encontraban muerto. Aprendió que a veces estás sentado junto a un amigo en una trinchera, hablando en voz baja del hambre que tienes, y al instante siguiente se escucha un pequeño *gusss* y el amigo se desploma y el hambre que tienes deja de importar.

Aprendió, mientras un año se convertía en dos y dos se convertían casi en tres, que incluso los hombres fuertes y musculosos se vomitan las botas cuando el avión de transporte los va a descargar, y que hasta los oficiales hablan en sueños la noche antes del combate.

Aprendió a hacer prisioneros, aunque nunca aprendió a ser uno. Luego, una noche, en una isla de Filipinas, su grupo quedó atrapado bajo un intenso fuego, y se dispersaron buscando abrigo y el cielo estaba encendido y Eddie oyó a uno de sus compañeros, metido en una zanja, que sollozaba como un niño, y él le gritó: "¡Cállate de una vez!", y se dio cuenta de que el hombre sollozaba porque había un soldado enemigo de pie delante de él apuntándole con un rifle a la cabeza, y Eddie notó algo frío en la nuca porque también había otro enemigo detrás de él.

El capitán apagó su cigarro. Era mayor que los hombres del grupo de Eddie, un militar de carrera, de andar desgarbado y mandíbula prominente que le hacían parecerse a un actor de cine del momento. A la mayoría de los soldados les gustaba bastante, aunque tenía poco aguante y la costumbre de gritarte a unos centímetros de la cara, de modo que le veías los dientes, ya amarillentos por el tabaco. Con todo, el capitán siempre prometía que él nunca "abandonaría a nadie", pasara lo que pasara, y a los hombres eso les daba seguridad.

–Mi capitán... –volvió a decir Eddie, todavía asombrado.

–Afirmativo.

–Señor.

–Eso no es necesario. Pero muy agradecido.

–Ha sido... Usted parece...

–¿Igual que la última vez que me viste? —sonrió, luego escupió por encima de la rama del árbol. Vio la confundida expresión de Eddie. Tienes razón. Aquí no hay motivo para escupir. Uno tampoco se pone malo. El aliento de uno siempre es el mismo. Y el rancho es increíble.

¿El rancho? Eddie no entendía nada de aquello.

–Mi capitán, mire usted. Hay algún error. Todavía no sé por qué estoy aquí. Fui un don nadie en la vida, ¿sabe? Era un operario de mantenimiento. Viví años y años en el mismo departamento. Estaba encargado de los juegos, ruedas de la fortuna, montañas rusas y estúpidos cohetes tripulados. Nada de qué estar orgulloso. Sólo era una especie de vagabundo. Lo que yo decía es...

Eddie tragó saliva.

–¿Qué estoy haciendo aquí?

El capitán lo miró con aquellos brillantes ojos rojos y Eddie se aguantó las ganas de hacerle la pregunta que ahora tenía después de su encuentro con el Hombre Azul: ¿también había matado al capitán?

–Oye, me he estado preguntando —dijo el capitán pasándose la mano por la barbilla—, los hombres de nuestra unidad... ¿Siguieron en contacto? ¿Willingham? ¿Morton? ¿Smitty? ¿Los has vuelto a ver?

Eddie se acordaba de los nombres. La verdad era que no se habían mantenido en contacto. La guerra podía unir a los hombres como un imán, pero como un imán también los podía separar. Las cosas que vieron, las cosas que hicieron. A veces sólo querían olvidar.

–Para ser sincero, señor, todos perdimos el contacto —se encogió de hombros—, lo siento.

El capitán hizo un gesto de asentimiento como si ya se lo esperara.

–¿Y tú? ¿Volviste a aquel parque de diversiones donde todos prometimos ir si salíamos vivos? ¿Viajes gratis para todos los soldados? ¿Dos muchachas para cada uno en el Túnel del Amor? ¿No es eso lo que dijiste?

Eddie casi sonrió. Eso fue lo que él había dicho. Lo que decían todos. Pero cuando terminó la guerra, no fue nadie.

–Sí, volví —dijo Eddie.

–¿Y?

–Y... nunca más lo dejé. Lo intenté. Hice planes... Pero esta condenada pierna. No sé. Nada salió bien.

Eddie se encogió de hombros. El capitán le examinó la cara. Los ojos se le empequeñecieron. Bajó el volumen de su voz.

–¿Todavía haces juegos malabares? —preguntó.

–¡Andar! ¡Tú andar! ¡Tú andar!

Los soldados enemigos gritaban y los picaban con bayonetas. A Eddie, Smitty, Morton, Rabozzo y al capitán los llevaron por una escarpada colina abajo, con las manos en la cabeza. A su alrededor explotaban morterazos. Eddie vio una figura que corría entre los árboles, luego se oyó ruido seco de balas.

Trató de tomar nota mental mientras andaban en la oscuridad —cabañas, caminos, cualquier cosa que pudiera distinguir—, pues sabía que esa información sería preciosa en caso de fuga. Un avión volaba a lo lejos, lo que llenó a Eddie de una súbita y deprimente oleada de desesperación. Es el tormento interior de todo soldado capturado, la corta distancia entre la libertad y el cautiverio. Si pudiera dar un salto y agarrar el ala de aquel avión, se alejaría volando de aquella equivocación.

En lugar de eso, él y los otros estaban atados por las muñecas y los tobillos. Los arrojaron dentro de barracas de bambú que se asentaban sobre pilotes encima del lodo del suelo. Permanecieron allí durante días, semanas, meses, obligados a dormir en sacos de arpillera rellenos de paja. Una jarra de barro servía de retrete. De noche, los guardias enemigos se deslizaban debajo de la barraca y escuchaban sus conversaciones. Según el tiempo iba pasando, hablaban cada vez menos.

Adelgazaron y se debilitaron. Se les veían las costillas, incluso las de Rabozzo, que era un joven fornido cuando se alistó. Su comida consistía en bolas de arroz con sal y, una vez al día, una sopa pardusca con grasa flotando. Una noche, Eddie sacó un avispón muerto de su cuenco. Había perdido las alas. Los demás dejaron de comer.

Los que los habían capturado no estaban seguros de qué hacer con ellos. Por la tarde entraban con bayonetas y las movían ante las narices de los estadunidenses, gritando en un idioma extraño, esperando respuestas. Aquello nunca sirvió de nada.

Sólo eran cuatro, según calculaba Eddie, y el capitán suponía que también ellos se habían separado de una unidad mayor y, como ocurre con frecuencia en la guerra de verdad, se las iban arreglando día a día. Tenían caras demacradas y huesudas, con negros rebujos de pelo. Uno parecía demasiado joven para ser soldado. Otro tenía los dientes más torcidos que Eddie había visto en su vida. El capitán los llamaba Loco Primero, Loco Segundo, Loco Tercero y Loco Cuarto.

–Nosotros no sabemos cómo se llaman —dijo. Y no queremos que ellos sepan cómo nos llamamos nosotros.

Los hombres se adaptan al cautiverio; unos

mejor que otros. Morton, un joven delgado y parlanchín de Chicago, se ponía muy nervioso cada vez que oía ruidos fuera, y se pasaba la mano por la barbilla y murmuraba:

–Maldita sea, maldita sea, maldita sea... —hasta que los demás le decían que se callara.

Smitty, hijo de un bombero de Brooklyn, estaba en silencio la mayor parte del tiempo, pero a veces parecía que tragaba algo, y la nuez le subía y le bajaba; Eddie se enteró más tarde de que se mordía la lengua. Rabozzo, el muchacho pelirrojo de Portland (Oregon), tenía cara de palo durante las horas en que estaba despierto, pero de noche muchas veces se despertaba gritando:

–¡Yo no! ¡Yo no!

Eddie estaba la mayor parte del tiempo furioso. Apretaba un puño y lo golpeaba contra la otra palma, horas interminables, despellejándose los nudillos, como el jugador de beisbol ansioso que había sido en su juventud. De noche soñaba con que volvía al parque de diversiones y se subía en los caballitos, donde cinco clientes daban vueltas hasta que sonaba la campana. Él daba unas vueltas gratis a sus amigos, o a su hermano, o a Marguerite. Pero luego el sueño cambiaba, y los cuatro Locos estaban en los caballos de al lado, picándolo, burlándose de él.

Años de espera en el parque —a que se terminara un viaje en el carrusel, a que las olas se retiraran, a que su padre le hablara— habían adiestrado a

Eddie en el arte de la paciencia. Pero quería escapar y quería venganza. Apretó las mandíbulas y se golpeó la palma de la mano y pensó en todas las peleas que había tenido en su antiguo barrio, en la vez que había mandado a dos muchachitos al hospital con la tapa de un bote de basura. Imaginaba lo que les haría a los que les habían apresado si tuvieran armas.

Entonces, una mañana, gritos y bayonetas brillantes despertaron a los presos y los cuatro Locos los hicieron levantarse, los ataron y los llevaron al pozo de una mina. No había luz. El suelo estaba frío. Había picos, palas y cubetas de metal.

—Es una maldita mina de carbón —dijo Morton.

🢆

A partir de ese día, a Eddie y a los demás los obligaban a arrancar carbón de las paredes para contribuir al esfuerzo de guerra del enemigo. Unos paleaban, otros picaban, otros cargaban con trozos de pizarra y hacían triángulos para sujetar el techo. También había otros prisioneros, extranjeros que no sabían inglés y que miraban a Eddie con ojos vacíos. Estaba prohibido hablar. De vez en cuando les daban una taza de agua. Las caras de los prisioneros, al final del día, estaban negras, y los cuellos y hombros les dolían de tanto cargar.

Durante los primeros meses de cautiverio, Eddie se dormía mirando la foto de Marguerite que guardaba en el interior de su casco. Él no era mucho de rezar, pero de todos modos rezaba, inventando las palabras y llevando la cuenta cada noche, diciendo: "Señor, te daré estos seis días si me concedes seis días con ella... Te daré estos nueve días si estoy nueve días con ella... Te daré estos dieciséis días si estoy dieciséis días con ella...".

Luego, durante el cuarto mes, pasó algo. A Rabozzo le brotó un feo sarpullido en la piel y sufrió una grave diarrea. No podía comer nada. De noche, sudaba su ropa sucia hasta que la empapaba. Se hacía todo encima. No había ropa limpia para cambiarlo, de modo que dormía desnudo sobre la arpillera, y el capitán le colocaba su saco encima como manta.

Al día siguiente, dentro de la mina, Rabozzo apenas podía mantenerse en pie. Los cuatro Locos no mostraron piedad. Cuando se retrasaba lo pinchaban con palos para que siguiera picando.

—Déjenlo en paz —protestó Eddie.

Loco Segundo, el más brutal de sus captores, golpeó a Eddie con la base de la bayoneta. Eddie cayó sintiendo un intenso dolor que se le extendía entre los omóplatos. Rabozzo picó algunos trozos más de carbón y luego se derrumbó. Loco Segundo le ordenó que se levantara.

—¡Está enfermo! —gritó Eddie mientras hacía esfuerzos para ponerse de pie.

Loco Segundo volvió a tirarlo al suelo.

–Cállate, Eddie —susurró Morton—, por tu propio bien.

Loco Segundo se inclinó sobre Rabozzo. Le levantó los párpados. Rabozzo gimió. Loco Segundo sonrió de modo exagerado e hizo unos ruiditos como si estuviera tratando con un niño pequeño. Soltó un: "¡Aah!", y se rio. Se rio mirándolos a todos ellos, sin apartar la vista, asegurándose de que lo estaban observando. Entonces sacó su pistola, la apretó contra la oreja de Rabozzo y le pegó un tiro en la cabeza.

Eddie notó que el cuerpo se le partía por la mitad. Veía borroso y el cerebro se le paralizó. El eco del disparo permaneció en el interior de la mina mientras la cara de Rabozzo se iba empapando en un charco de sangre.

Morton se llevó las manos a la boca. El capitán bajó la vista. Nadie se movió.

Loco Segundo echó con el pie algo del polvo negro por encima del cuerpo, luego miró desafiante a Eddie y escupió a sus pies. Les gritó algo a Loco Tercero y Loco Cuarto, que parecían tan pasmados como los prisioneros. Durante un momento, Loco Tercero estuvo negando con la cabeza y murmuraba, como si rezase, con los párpados semicerrados y los labios moviéndose furiosamente. Pero Loco Segundo agitó su arma y volvió a gritar, y Loco Tercero y Loco Cuarto levantaron lentamente el cuerpo de Rabozzo, agarrándolo por los pies, y lo arrastraron por el suelo de la mina, dejando un rastro de sangre que, en la oscuridad, parecía aceite derramado. Lo apoyaron contra una pared, al lado de un zapapico.

Después de eso Eddie dejó de rezar. Dejó de contar los días. Él y el capitán sólo hablaban de fugarse antes de que todos encontraran el mismo destino. El capitán imaginaba que el esfuerzo de guerra del enemigo era desesperado, y que por eso necesitaban a todos los prisioneros, aunque estuvieran medio muertos, para extraer el carbón. Cada día había menos hombres en la mina. Por la noche, Eddie oía bombardeos; parecía que se iban acercando. Si las cosas iban mal, imaginaba el capitán, sus captores se largarían, lo destruirían todo. Él había visto cavar zanjas detrás de las barracas de los prisioneros y grandes bidones de aceite colocados en la cima de la escarpada colina.

–El aceite es para quemar las pruebas —susurró el capitán. Están cavando nuestras tumbas.

Tres semanas después, bajo un cielo con luna y bruma, Loco Tercero estaba dentro de las barracas, haciendo guardia. Tenía dos grandes piedras, casi del tamaño de ladrillos, con las que, en su aburrimiento, trataba de hacer juegos malabares. Se le caían, las recogía, las lanzaba hacia arriba y se le volvían a caer. Eddie, cubierto de polvo negro, alzó la mirada, molesto por el ruido sordo. Había intentado dormir. Pero ahora se alzó poco a poco. Se le aclaró la visión. Notaba que sus nervios adquirían vida.

–Mi capitán... —susurró. ¿Listo para entrar en acción?

El capitán levantó la cabeza.

–¿En qué estás pensando?

–En esas piedras —Eddie señaló con la cabeza al que hacía guardia.

–¿Qué les pasa a esas piedras? —preguntó el capitán.

–Yo sé hacer juegos malabares —susurró Eddie.

El capitán miró de reojo.

–¿Y qué?

Pero Eddie ya le estaba gritando al guardia:

–¡Oye! ¡Tú! ¡Lo estás haciendo mal! —realizó un movimiento circular con las palmas de las manos. ¡Así! ¡Se hace así! ¡Dámelas!

Extendió las manos.

–Yo sé hacer juegos malabares. ¡Dámelas!

Loco Tercero lo miró con desconfianza. De todos los guardias, Eddie consideraba que aquél era con el que más oportunidades tenía. Loco Tercero les había dado a escondidas trozos de pan, pasándoselos por el pequeño agujero que hacía de ventana. Eddie volvió a hacer el movimiento circular y sonrió. Loco Tercero se acercó, se detuvo, volvió por su bayoneta y luego se dirigió a Eddie con las dos piedras.

–Es así —dijo Eddie, y empezó a hacer juegos malabares sin ningún esfuerzo. Había aprendido a los siete años con un italiano que usaba seis platos a la vez. Eddie había pasado interminables horas practicando en la pasarela de madera, con guijarros, pelotas de goma, con todo lo que encontraba. No era demasiado difícil. La mayoría de los niños del parque de diversiones sabía hacerlo.

Pero ahora movía las dos piedras enloquecidamente, haciéndolas girar cada vez más deprisa, impresionando al guardia. Luego se detuvo, mantuvo las piedras en alto y dijo:

–Consigue una más.

Loco Tercero protestó.

–Tres piedras, ¿ves? —Eddie le mostró tres dedos. Tres.

Para entonces Morton y Smitty se habían sentado. El capitán se acercó más.

–¿Adónde nos lleva esto? —murmuró Smitty.

–Si puedo conseguir una piedra más... —murmuró Eddie a su vez.

Loco Tercero abrió la puerta de bambú e hizo lo que Eddie esperaba que haría: llamó a sus compañeros.

Loco Primero apareció con una piedra grande y Loco Segundo le siguió. Loco Tercero le tiró la piedra a Eddie y le gritó algo. Luego se echó hacia atrás, sonrió a los otros y les indicó con un gesto que se sentaran, como diciéndoles: "Van a ver".

Eddie lanzó las piedras rítmicamente. Cada una de ellas era del tamaño de la palma de su mano. Cantó una cancioncilla de la feria:

–La, la-la-la, laaaaa...

Los guardias se rieron. Eddie se rio. El capitán se rio. Una risa forzada, para ganar tiempo.

–Acérquese más, un poco más —cantó Eddie, como si esas palabras formaran parte de la canción. Morton y Smitty se acercaron también fingiendo interés.

Los guardias se estaban divirtiendo. Su postura era relajada. Eddie trataba de contener la respiración. Sólo un poco más. Lanzó una piedra más arriba, jugueteó con las dos de abajo, luego atrapó la tercera y volvió a repetir el juego.

–Oooh —exclamó Loco Tercero.

–Te gusta, ¿eh? —dijo Eddie. Ahora movía las piedras más deprisa. Seguía lanzando una piedra arriba y vigilando los ojos de sus captores que la seguían por el aire. Cantaba—: La, la-la-la, laaa... —y luego—: Cuando cuente tres... —y luego—: La, la-la-la, laaaa... —y luego—: Mi capitán, para usted el de la izquierdaaaaa...

Loco Segundo frunció el ceño con desconfianza, pero Eddie sonrió como sonreían los que hacían juegos malabares en el Ruby Pier cuando perdían público.

–Mira esto, mira esto, ¡mira esto! —entonó Eddie. El mayor espectáculo del mundo, amiguito.

Eddie lo hizo más rápido y luego contó:

–Uno... dos... —entonces lanzó una piedra mucho más alto que antes. Los Locos la siguieron con la vista.

–¡Ahora! —gritó Eddie. Sin dejar de mover las piedras, agarró una y, como el buen lanzador de beisbol que había sido siempre, la tiró con fuerza a la cara de Loco Segundo y le rompió la nariz. Eddie agarró la segunda piedra y la lanzó, con la mano izquierda, a la barbilla de Loco Primero, que cayó hacia atrás cuando el capitán daba un salto para apoderarse de su bayoneta. Loco Tercero, paralizado momentáneamente, echó mano a su pistola y disparó enloquecido mientras Morton y Smitty lo agarraban por las piernas. La puerta se abrió bruscamente y entró Loco Cuarto. Eddie le tiró la última piedra, que no le alcanzó la cabeza por centímetros, pero cuando se agachó, el capitán lo estaba esperando pegado a la pared con la bayoneta, y se la hundió en la caja torácica con tanta fuerza que los dos salieron por la puerta. Eddie, impulsado por su adrenalina, saltó sobre Loco Segundo y le golpeó la cara con más fuerza de la que había golpeado nunca a ninguno de los de la avenida Pitkin. Agarró una piedra y la estrelló contra su cráneo, una y otra vez, hasta que se miró las manos y vio una masa viscosa púrpura, que comprendió que era sangre y piel y carbón, todo mezclado. Entonces oyó un disparo y se llevó las manos a la cabeza, embadurnándose las sienes con aquella masa. Miró hacia arriba y vio a Smitty allí mismo de pie, con la pistola de un enemigo en la mano. El cuerpo de Loco Segundo dejó de ofrecer resistencia. Sangraba por el pecho.

–Por Rabozzo —murmuró Smitty.

A los pocos minutos los cuatro guardias estaban muertos.

Los prisioneros, flacos, descalzos y cubiertos de sangre, corrían ahora ladera abajo por la escarpada colina. Eddie había esperado disparos, más guardias que disparasen, pero no los hubo. Las demás cabañas estaban vacías. En realidad, el campamento entero estaba vacío. Eddie se preguntó cuánto tiempo habrían estado sólo los cuatro Locos y ellos.

–Los demás probablemente se largaron cuando oyeron los bombardeos —susurró el capitán. Somos el último grupo que queda.

Los barriles de aceite estaban colocados en la primera pendiente de la colina. A menos de cien metros se encontraba la entrada a la mina de carbón. Había una cabaña con suministros cerca y Morton se aseguró de que estuviera vacía, luego entró corriendo; salió con un puñado de granadas, fusiles y dos lanzallamas de aspecto primitivo.

–Vamos a prenderle fuego a esto —dijo.

*En el pastel pone: "¡Buena suerte, soldadito valiente!",
y en un lado, debajo del borde de vainilla escarchada,
había añadido las palabras: "Vuelve pronto, hijo", en le-
tras que más bien eran unos garabatos azules que se
leían mal.*

*La madre de Eddie ya ha lavado y planchado la
ropa que él llevará al día siguiente. La cuelga en un gancho en el asa del armario de su dormitorio y pone un par
de zapatos de vestir debajo.*

*Eddie está en la cocina, jugando con sus pequeños
primos rumanos. Tiene las manos a la espalda mientras
ellos tratan de pegarle en el estómago. Uno señala la ventana de la cocina por la que se veía el Carrusel Parisiense, que está encendido para los clientes de última hora.*

–¡Caballitos! —exclama el niño.

*La puerta de entrada se abre y Eddie oye una voz
que le acelera el corazón, incluso ahora. Se pregunta si se
trata de una debilidad que no debería llevar a la guerra.*

–Hola, Eddie —dice Marguerite.

Y allí la tiene, en el umbral de la cocina, guapí-
sima. Eddie nota aquel cosquilleo tan conocido en el pecho. Ella se quita un poco de agua de lluvia del pelo y
sonríe. Tiene una cajita en las manos.

–Te traje una cosa. Por tu cumpleaños y, bueno,
como despedida también.

Vuelve a sonreir. Eddie tiene tantas ganas de
abrazarla que cree que va a estallar. No le importa lo que
haya en la caja. Sólo quiere recordarla ofreciéndosela.
Como siempre le pasa cuando está con Marguerite, quiere que el tiempo se congele.

–Es estupenda —dice él.

Ella se ríe.

–Todavía no la has abierto.

–Oye —él se acerca más. ¿Quieres...?

–¡Eddie! —gritan desde la otra habitación. ¡Ven
a apagar las velas!

–Sí, sí, que tenemos hambre.

–Anda, sal y cállate.

–Bueno, pero luego hablamos.

Hay pastel y cerveza, leche, puros y un brindis
por que las cosas le vayan bien a Eddie, y hay un momento en que su madre se pone a llorar y abraza a su otro
hijo, Joe, que no ha podido alistarse porque tiene los pies
planos.

Aquella tarde, después, Eddie pasea con Marguerite por el parque. Se sabe los nombres de todos los que
despachan entradas y comida, y todos le desean suerte.

A algunas de las mujeres mayores los ojos se les llenan de lágrimas, y Eddie imagina que tienen hijos que ya se han ido.

Él y Marguerite compran caramelo quemado y almendras garapiñadas, y toman refrescos. Sacan las almendras de la bolsita blanca y sus dedos se entrecruzan. En el aparato de medir la fuerza, Eddie agarra una mano de escayola y la flecha pasa "Muy flojo" y "Nada de daño" y "Se nota algo", y llega hasta "Fuerte de verdad".

—Eres muy fuerte —dice Marguerite.

—Fuerte de verdad —dice Eddie sacando músculo.

Al terminar la noche están sentados en la pasarela de madera como han visto que se hace en las películas, tomados de la mano, apoyados en la barandilla. Abajo, en la arena, un viejo vagabundo ha hecho una pequeña hoguera con palos y tablas rotas y está instalándose a su lado para pasar la noche.

—No tenías que pedirme que te esperara —dice Marguerite de pronto.

Eddie traga saliva.

—¿No?

Ella niega con la cabeza. Eddie sonríe. No tenía que hacer la pregunta que llevaba toda la noche atascada en su garganta, y siente como si del corazón le acabara de salir despedida una cuerda que se enrosca en los hombros de ella y la acerca a él. En aquel momento la quiere más de lo que había imaginado que se podía querer a alguien.

Una gota de lluvia cae en la frente de Eddie. Luego otra. Alza la vista hacia las nubes.

–Oye, Fuerte de Verdad —dice Marguerite. Sonríe, pero entonces en su cara se ve reflejada su tristeza. Al pestañear caen gotas de agua de sus ojos, pero Eddie no podría decir si es lluvia o son lágrimas.

–Y que no te maten, ¿de acuerdo? —dice.

Un soldado que se encuentra en libertad por lo general está furioso. Los días y noches que ha perdido, los padecimientos y humillaciones que ha sufrido; todo eso exige una fiera venganza, un ajuste de cuentas.

De modo que cuando Morton, con los brazos llenos de armas robadas, les dijo a los otros: "Vamos a prenderle fuego a esto", hubo un acuerdo inmediato, aunque quizá no lógico.

Inflamados por su nueva sensación de control, los hombres se dispersaron con las armas de fuego del enemigo: Smitty hacia la entrada al pozo de la mina, Morton y Eddie hacia los barriles de aceite. El capitán fue en busca de un vehículo de transporte.

–Cinco minutos, ¡y luego aquí de vuelta! —ordenó. Los bombardeos van a empezar pronto y para entonces no tendríamos que estar aquí. ¿Entendido? ¡Cinco minutos!

Que fue todo lo que les llevó destruir lo que había sido su hogar durante cerca de medio año. Smitty tiró las granadas dentro de la mina y se alejó corriendo. Eddie y Morton hicieron rodar dos barriles hasta el interior del complejo de cabañas y los perforaron; luego, uno a uno, encendieron las boquillas de los lanzallamas recién conseguidos y contemplaron cómo ardían las cabañas.

—¡Que ardan! —gritó Morton.

—¡Que ardan! —gritó Eddie.

El pozo de la mina explotó desde abajo. Salió humo negro por la entrada. Smitty, hecho su trabajo, corrió hacia el punto de reunión. Morton metió a patadas su barril de aceite en una cabaña y soltó un chorro de llamas.

Eddie miró, hizo un gesto de burla y luego recorrió el sendero hasta la última cabaña. Era más grande, parecía un granero, y levantó su arma. "Esto se acabó —se dijo—; se acabó." Todos aquellos meses y semanas en manos de aquellos bastardos, aquellos guardias inhumanos con su horrible dentadura y sus caras huesudas, y los avispones muertos en la sopa. No sabía lo que les pasaría después, pero no podía ser peor de lo que habían soportado.

Eddie apretó el gatillo. *Fuuuaaa*. El fuego aumentó rápidamente. El bambú estaba seco, y al cabo de un minuto las paredes del granero desaparecían entre llamaradas amarillas y naranjas. A lo lejos, Eddie oyó el ruido de un motor —el capitán, esperaba, había encontrado un vehículo en el que escapar—, y luego, de pronto, desde el cielo, el primer sonido de los bombardeos, el ruido que habían oído todas las noches. Ahora estaba incluso más cerca, y Eddie se dio cuenta de que fuera lo que fuera vería las llamas. Los podrían rescatar. ¡Podría regresar a casa! Se volvió hacia el granero en llamas y...

"¿Qué era aquello?"

Parpadeó.

"¿Qué era aquello?"

Algo había salido disparado por la abertura de la puerta. Eddie trató de distinguirlo. El calor era intenso y se protegió los ojos con la mano libre. No podía estar seguro, pero le parecía que había visto una figura pequeña que corría por dentro del fuego.

–¡Eh! —gritó Eddie dando un paso hacia delante y bajando el arma—, ¡eh! —el techo del granero empezó a hundirse y salieron despedidas chispas y llamas. Eddie se echó atrás de un salto. Tenía los ojos húmedos. Puede que fuera una sombra.

–¡Eddie! ¡Ven ya!

Morton estaba en lo alto del sendero haciendo señas a Eddie para que fuera. A Eddie le picaban los ojos. Respiraba con dificultad.

–¡Creo que hay alguien ahí dentro! —gritó señalando el granero.

Morton se llevó la mano a la oreja.

–¿Qué?

–¡Hay alguien... ahí... dentro!

Morton movió la cabeza. No podía oir. Eddie se dio la vuelta y estuvo casi seguro de que volvía a ver, allí, a cuatro patas dentro del granero en llamas, una figura del tamaño de un niño. Hacía más de dos años que Eddie sólo había visto hombres adultos, y aquella sombra le hizo pensar súbitamente en sus primos del parque de diversiones y en el Minitrén que él controlaba a veces y en las montañas rusas y en los niños de la playa y en Marguerite y su foto, y en todo lo que había mantenido encerrado en su mente durante muchos meses.

—¡Eh! ¡Sal de ahí! —gritó dejando el lanzallamas y acercándose un poco—; no voy a disp...

Una mano le agarró el hombro y tiró de él hacia atrás. Eddie se volteó con el puño cerrado. Era Morton.

—¡Eddie! ¡Nos tenemos que ir ya! —gritó.

Eddie negó con la cabeza.

—No, no, espera, espera. Creo que hay alguien en el...

—¡Ahí no hay nadie! ¡Vamos!

Eddie estaba desesperado. Se volteó otra vez hacia el granero. Morton lo agarró de nuevo. Esta vez Eddie se volteó rápidamente y lo golpeó en el pecho. Morton cayó de rodillas. A Eddie le latía la cabeza. Tenía la cara retorcida de rabia. Se volteó nuevamente hacia las llamas, con los ojos casi cerrados. "Allí. ¿Era eso? ¿Rodaba por el suelo detrás de una pared? ¿Allí?"

Dio un paso adelante, convencido de que alguien inocente estaba ardiendo delante de sus narices. Entonces el resto del techo se hundió con estruendo, despidiendo chispas como un polvo eléctrico que llovió sobre su cabeza.

En aquel instante, toda la guerra brotó de él como si fuera bilis. Estaba harto de la cautividad y harto de los asesinos, harto de la sangre y la masa pegajosa que se le secaba en las sienes, harto de los bombardeos y los incendios y de la inutilidad de todo aquello. En aquel momento sólo quería salvar algo, un fragmento de Rabozzo, un fragmento de sí mismo, algo, y se aventuró tambaleante dentro de las ruinas en llamas, convencido de que había un alma dentro de cada sombra negra. Los aviones rugían por encima de ellos y los disparos de sus ametralladoras se oían como redobles de tambor.

Eddie se movía como si estuviera en trance. Pasó junto a un charco de aceite en llamas, y la ropa se le incendió por detrás. Una llama amarilla le subió por la pantorrilla y el muslo. Levantó los brazos y gritó:

−¡Vengo en tu ayuda! ¡Sal de ahí! ¡No quiero disp...!

Un dolor desgarrador atravesó la pierna de Eddie. Soltó una prolongada y sonora maldición y luego cayó al suelo. De la rodilla le salía mucha sangre. Los motores de los aviones rugían. El cielo estaba encendido con llamas azuladas.

Quedó allí caído, sangrando y quemándose, con los ojos cerrados ante el intenso calor, y por primera vez en su vida sintió que estaba preparado para morir. Entonces alguien tiró con fuerza de él hacia atrás haciéndole rodar por el suelo para apagar las llamas, y como él estaba demasiado aturdido y débil para resistirse, rodó como un saco de papas. Pronto estaba dentro de un vehículo con sus compañeros, que le decían: "Resiste, resiste". Le quemaba la espalda y tenía la rodilla entumecida. Se sentía mareado y cansado, muy cansado.

El capitán asentía lentamente con la cabeza mientras recordaba aquellos últimos momentos.

–¿Recuerdas cómo saliste de allí? —preguntó.

–La verdad es que no —dijo Eddie.

–Tardamos dos días. Unas veces estabas consciente, otras no. Perdiste mucha sangre.

–Pero lo conseguimos —dijo Eddie.

–Claaaro —el capitán arrastró la palabra y la remató con un suspiro—, aquella bala te alcanzó de lleno.

En realidad, nunca habían podido extraerle la bala del todo. Había desgarrado varios nervios y tendones, y se había hecho pedazos contra un hueso, al que fracturó verticalmente. Eddie pasó por dos operaciones. Ninguna resolvió el problema. Los médicos dijeron que le quedaría una cojera que probablemente empeoraría con la edad, cuando se deteriorasen los huesos dañados.

–Es todo lo que podemos hacer —le dijeron.

¿Lo era? ¿Quién lo podría decir? Lo único que Eddie sabía era que había despertado en una unidad médica y que su vida ya nunca fue igual. Ya no volvió a correr. Ya no volvió a bailar. Peor aún, por algún motivo, empezó a sentir de modo distinto las cosas. Se metió en sí mismo. Las cosas parecían estúpidas o sin interés. La guerra se había instalado en el interior de Eddie, en su pierna y en su alma. Aprendió muchas cosas siendo soldado. Volvió a casa convertido en un hombre diferente.

–¿Sabías que yo procedo de tres generaciones de militares? —dijo el capitán.

Eddie se encogió de hombros.

–Pues así es. Ya sabía disparar una pistola a los seis años. Por las mañanas, mi padre pasaba revista a mi cama y me dejaba veinticinco centavos entre las sábanas. En la cena siempre era: "Sí, señor" y "No, señor".

"Antes de alistarme, lo único que hice fue recibir órdenes. Lo siguiente de lo que me di cuenta era de que las estaba dando yo.

"En tiempo de paz la cosa era de un modo. Enderezar a reclutas que se creían listos. Pero luego empezó la guerra y los nuevos acudieron en masa —jóvenes como tú— y todos me saludaban y querían que les dijese qué hacer. Podía ver el miedo en sus ojos. Se comportaban como si supieran algo de la guerra que era secreto. Creían que yo los mantendría con vida. Tú también, ¿verdad?"

Eddie tuvo que admitir que sí.

El capitán se echó hacia atrás y se rascó la nuca.

–Yo no podía mantenerlos con vida, claro. También recibía órdenes. Pero si no conseguía mantenerlos con vida, pensé que por lo menos podría mantenerlos unidos. En mitad de una gran guerra, uno busca una idea, por pequeña que sea, en la cual creer. Cuando encuentras una, te aferras a ella como un soldado se aferra a un crucifijo cuando está rezando en una trinchera.

"Para mí, esa idea era lo que les decía todos los días. Que no abandonaría a nadie."

Eddie asintió con la cabeza.

–Eso era muy importante —dijo.

El capitán lo miró fijamente.

–Eso espero —dijo.

Se buscó en el bolsillo de la camisa, sacó otro cigarro y lo encendió.

–¿Por qué ha dicho eso? —preguntó Eddie.

El capitán soltó humo y señaló con la punta del cigarro hacia la pierna de Eddie.

–Porque yo fui el que te disparó —dijo.

Eddie se miró la pierna, que colgaba de la rama del árbol. De nuevo pudo ver las cicatrices de las operaciones y sentir el mismo dolor. Notó que dentro le fluía algo que no había sentido desde antes de la muerte, que en realidad no había sentido en muchos años: una rabia feroz y un deseo de hacer daño a alguien. Los ojos se le empequeñecieron y miró fijamente al capitán, quien le devolvió una mirada inexpresiva, como si supiera lo que estaba pasando. Dejó que el cigarro le cayera de los dedos.

–Adelante —susurró.

Eddie soltó un grito y arremetió contra el capitán. Los dos hombres cayeron de la rama del árbol y se deslizaron entre las tupidas lianas y enredaderas luchando mientras caían.

–¿Por qué? ¡Bastardo! ¡Bastardo...! ¡Usted no...! ¿Por qué?

Ahora luchaban cuerpo a cuerpo en el lodo. Eddie se subió encima del pecho del capitán y lo golpeó repetidamente en la cara. El capitán no sangraba. Eddie lo agarró por el cuello y le golpeó el cráneo contra el lodo. El capitán no pestañeaba. En vez de eso, se movía de un lado a otro a cada puñetazo, dejando que Eddie descargara su rabia. Finalmente, con un brazo, agarró a Eddie y lo apartó.

–Porque —dijo tranquilamente agarrando a Eddie por el codo— te habríamos perdido en aquel incendio. Habrías muerto. Y no era tu hora.

Eddie jadeó con fuerza.

–¿Mi... hora?

El capitán continuó.

–Estabas obsesionado con entrar allí. Casi dejas fuera de combate a Morton cuando intentó impedírtelo. Nos quedaba un minuto para irnos y, maldita sea, eras demasiado fuerte para luchar contigo cuerpo a cuerpo.

Eddie notó un arranque final de rabia y agarró al capitán por el cuello. Se lo acercó. Vio sus dientes amarillos de tabaco.

–¡Mi... pierna! —soltó encolerizado. ¡Mi vida!

–Te disparé a la pierna —dijo el capitán tranquilamente— para salvarte la vida.

Eddie lo soltó y cayó exhausto hacia atrás. Le dolían los brazos. La cabeza le daba vueltas. Durante muchos años le había obsesionado aquel momento, aquel error, que cambió toda su vida.

–En aquella cabaña no había nadie. ¿En qué estaba pensando yo? Si no hubiera entrado allí... —su voz se convirtió en un susurro. ¿Por qué no morí entonces?

–No se abandona a nadie, ¿recuerdas? —dijo el capitán. Lo que te pasó a ti... ya lo había visto antes. Un soldado llega a un punto determinado y luego ya no puede seguir. A veces pasa en plena noche. Un hombre sale de su tienda y empieza a andar, descalzo, medio desnudo, como si volviera a casa, como si viviera a la vuelta de la esquina.

"A veces ocurre en pleno combate. El hombre deja caer su arma y se queda con los ojos en blanco. Ha terminado. Ya no puede luchar más. Habitualmente lo alcanza un disparo.

"En tu caso, pasó lo mismo, te viniste abajo delante de un incendio un minuto antes de que nos fuéramos de ese sitio. Yo no podía dejar que te quemaras vivo. Imaginé que la pierna se curaría. Te sacamos de allí y los otros te llevaron a la unidad médica."

La respiración de Eddie le sonaba como un martillo dentro del pecho. Tenía la cabeza manchada de lodo y hojas. Le llevó un momento pensar en lo último que había dicho el capitán.

–¿Los otros? —dijo Eddie. ¿A qué se refiere con "los otros"?

El capitán se levantó. Se quitó una rama de la pierna.

–¿Me volviste a ver? —preguntó.

Eddie no lo había vuelto a ver. A él le habían llevado en avión al hospital militar y al final, debido a sus problemas de salud, lo licenciaron y lo devolvieron a Estados Unidos. Se había enterado, meses después, de que el capitán no había salido con vida, pero imaginó que fue en un combate posterior con otra unidad. Al final recibió una carta, con una medalla dentro, pero Eddie la dejó a un lado, sin abrir. Los meses posteriores a la guerra fueron difíciles y oscuros, y se olvidó de detalles que no tenía interés en recordar. Finalmente, cambió de dirección.

–Ya te lo he dicho antes —dijo el capitán. ¿Tétanos? ¿Fiebre amarilla? ¿Todas aquellas inyecciones? Sólo una gran pérdida de tiempo.

Asintió con la cabeza mirando a algún lugar por encima del hombro de Eddie. Éste se volteó para mirar.

?

Lo que vio, de pronto, ya no eran las colinas áridas, sino la noche de su fuga, la luna nebulosa en el cielo, los aviones que llegaban, las cabañas en llamas. El capitán conducía el vehículo con Smitty, Morton y Eddie dentro. Éste iba tumbado en el asiento de atrás, con quemaduras, herido, semiconsciente. Morton le había hecho un torniquete por encima de la rodilla. El bombardeo cada vez se oía más cerca. El cielo negro se encendía cada pocos segundos, como si el sol estuviera parpadeando. El vehículo se desvió cuando llegaron a la cima de una colina y luego se detuvo. Había una puerta, una construcción provisional hecha de madera y alambre, pero como el terreno caía verticalmente a los dos lados no la podían rodear. El capitán agarró un fusil y se apeó de un salto. Disparó al candado y abrió la puerta de un empujón. Hizo un gesto a Morton de que se pusiera al volante, luego se señaló los ojos, indicando que él inspeccionaría el camino, que zigzagueaba entre espesos árboles. Corrió como pudo con los pies descalzos unos cincuenta metros pasada la curva del camino.

El sendero estaba despejado. Hizo señas con la mano a sus hombres. Un avión zumbaba por encima y él alzó la vista para ver de qué lado estaba. Fue en aquel momento, mientras miraba al cielo, cuando sonó aquel pequeño chasquido bajo su pie derecho.

La mina terrestre explotó inmediatamente, como una llama que saliera despedida del corazón de la tierra. Mandó al capitán unos seis metros por los aires y lo hizo pedazos. Un trozo en llamas de hueso y cartílago y cientos de pedazos de carne abrasada volaron por encima del lodo y aterrizaron en los ficus.

LA SEGUNDA LECCIÓN

–Dios santo —dijo Eddie cerrando los ojos y echando la cabeza hacia atrás—, ¡Dios, Dios! No lo sabía, señor. Es terrible. ¡Es espantoso!

El capitán asintió con la cabeza y apartó la vista. Las colinas habían recuperado su aridez, los huesos de animal, la carreta rota y los restos quemados de la aldea. Eddie se dio cuenta de que aquél era el sitio donde estaba enterrado el capitán. No tuvo funeral. Ni ataúd. Simplemente su esqueleto despedazado quedó cubierto por el lodo.

–¿Ha estado esperando aquí todo este tiempo? —susurró Eddie.

–El tiempo —dijo el capitán— no es lo que tú crees —se sentó al lado de Eddie. Morir no es el final de todo. Creemos que lo es. Pero lo que pasa en la Tierra sólo es el comienzo.

Eddie parecía perdido.

–Imagino que es como en la Biblia, el acuer-

do de Adán y Eva —dijo el capitán. La primera noche de Adán en la Tierra, cuando se tumba a dormir, cree que ha terminado todo, ¿no? No sabe lo
que es el sueño. Se le cierran los ojos y cree que deja este mundo, ¿no?

"Sólo que no pasa eso. Se despierta la mañana siguiente y tiene un mundo nuevo del que ocuparse, pero tiene además otra cosa. Tiene su ayer."

El capitán sonrió.

—Según lo veo yo, eso es lo que nos pasa aquí,
soldado. El cielo es eso. Uno se entera de cuál es el
sentido de su ayer.

Sacó la funda de los cigarros, que era de plástico, y le dio un golpecito con el dedo.

—¿Me entiendes? Yo nunca he sido demasiado bueno explicándome.

Eddie observó atentamente al capitán. Siempre había creído que era mucho mayor que él. Pero
ahora, sin el polvo de carbón en la cara, Eddie se fijó en las escasas arrugas de su piel y en su pelo negro y abundante. Sólo debía de tener unos treinta
años.

—Usted ha estado aquí desde que murió —dijo Eddie—, pero eso es el doble de lo que vivió.

El capitán asintió con la cabeza.

—Te he estado esperando.

Eddie bajó la vista.

—Es lo que dijo el Hombre Azul.

—Bien, también él te estuvo esperando. Era

parte de tu vida, parte del porqué has vivido y de cómo lo has hecho, parte de la historia que necesitabas saber, pero él te la contó y ahora está más allá, y dentro de un momento yo también me iré. De modo que escucha, porque esto es lo que necesitas saber de mí.

Eddie notó que se le enderezaba la espalda.

🔏

–Sacrificio —dijo el capitán. Tú hiciste uno. Yo hice otro. Todos los hacemos. Pero tú estabas enojado por haberlo hecho. No dejabas de pensar en lo que habías perdido.

"No lo entendías. El sacrificio es parte de la vida. Es algo que debe asumirse. No es algo que se deba lamentar. Es algo a lo que debemos aspirar. Pequeños sacrificios. Grandes sacrificios. Una madre trabaja para que su hijo pueda ir a la escuela. Una hija vuelve a casa para cuidar de su padre enfermo.

"Un hombre va a la guerra..."

Se interrumpió durante un momento y miró al nebuloso cielo gris.

–Rabozzo no murió por nada, ¿sabes? Se sacrificó por su país, y su familia lo supo, y su hermano pequeño llegó a ser un buen soldado y un gran hombre gracias a su ejemplo.

"Yo tampoco morí por nada. Aquella noche, todos nosotros podríamos haber pasado por encima de aquella mina. Entonces habríamos desaparecido los cuatro."

Eddie movió la cabeza con incredulidad.

–Pero usted... —bajó la voz—, usted perdió la vida.

El capitán chasqueó la lengua.

–Ésa es la cuestión. A veces, cuando uno sacrifica algo precioso, en realidad no lo está perdiendo. Simplemente se lo está dando a otro.

El capitán anduvo hasta el casco, las placas de identificación y el fusil todavía clavado en el suelo; la tumba simbólica. Se puso el casco y las placas debajo de un brazo, luego sacó el fusil del lodo y lo lanzó como una jabalina. Nunca cayó a tierra. Se elevó hacia el cielo y desapareció. El capitán se dio la vuelta.

–Te disparé, de acuerdo —dijo—, y tú perdiste algo, pero también ganaste algo. Todavía no te has dado cuenta. Yo también gané algo.

–¿Qué?

–Tenía que mantener mi promesa. No te abandoné.

Alzó la palma de la mano.

–¿Me perdonas lo de la pierna?

Eddie pensó durante un momento. Pensó en la amargura que lo invadió después de su herida, en su cólera por todo lo que había perdido. Luego pensó en lo que había perdido el capitán y se sintió avergonzado. Le ofreció la mano. El capitán la estrechó enérgicamente.

–Esto es lo que había estado esperando.

De pronto, las espesas lianas cayeron de las ramas del ficus y, con un siseo, se fundieron con el suelo. Brotaron ramas nuevas, sanas, que se extendieron instantáneamente y cubrieron la tierra de hojas suaves y brillantes y de brotes de frutos. El capitán se limitó a levantar la vista, como si hubiera estado esperando ese momento. Luego, utilizando las palmas de las manos, se limpió el polvo de carbón que le quedaba en la cara.

–¿Capitán? —dijo Eddie.

–¿Sí?

–¿Por qué aquí? Usted pudo elegir cualquier sitio donde esperar, ¿verdad? Es lo que dijo el Hombre Azul. Entonces, ¿por qué este sitio?

El capitán sonrió.

–Porque yo morí en combate. Me mataron en estas colinas. Me fui del mundo sin conocer nada que no fuera de la guerra: conversaciones sobre la guerra, planes de guerra, una familia de guerreros.

"Deseaba ver cómo era el mundo sin guerra. Cómo era antes de que empezáramos a matarnos unos a otros."

Eddie paseó la vista alrededor.

–Pero esto es la guerra.

–Para ti. Pero nuestros ojos son distintos —dijo el capitán. Lo que ves tú no es lo que yo veo.

Levantó una mano y el desolado paisaje se transformó. Los escombros se fundieron, los árboles crecieron y se extendieron, el suelo de lodo quedó cubierto de hierba verde, exuberante. Las nubes oscuras se abrieron, como telones que se descorren, y dejaron ver un cielo color zafiro. Una ligera neblina blanca caía sobre las copas de los árboles, y el sol, de color melocotón, colgaba brillante por encima del horizonte, reflejado en los oceanos centelleantes que ahora rodeaban la isla. Ésta era belleza pura, sin contaminar, intacta.

Eddie miró a su antiguo capitán, cuya cara estaba limpia y cuyo uniforme de pronto estaba planchado.

–Eso —dijo el capitán alzando los brazos— es lo que veo yo.

Se quedó inmóvil un momento, apreciándolo.

–A propósito, ya no fumo. Eso también estaba sólo en tus ojos —soltó una risita ahogada. ¿Por qué iba a fumar en el cielo?

Empezó a alejarse.

–Espere —gritó Eddie. Tengo que saber algo. Mi muerte. En el parque de diversiones. ¿Se salvó la niña? Noté sus manos, pero no consigo recordar...

El capitán se volteó y Eddie se tragó sus palabras, avergonzado por haberse atrevido a preguntar, dada la muerte horrible que tuvo el capitán.

–Sólo lo quiero saber, únicamente eso —murmuró.

El capitán se rascó detrás de la oreja y miró a Eddie con simpatía.

–No te lo puedo decir, soldado.

Eddie inclinó la cabeza.

–Pero hay alguien que sí puede.

Le lanzó el casco y las placas de identificación.

–Son tuyos.

Eddie bajó la vista. Dentro del casco estaba la foto arrugada de una mujer que hizo que el corazón le volviera a doler. Cuando alzó la vista, el capitán se había ido.

Lunes, 7:30 horas

La mañana después del accidente, Domínguez llegó al taller temprano, saltándose su costumbre de desayunar un pan y un refresco. El parque estaba cerrado, pero acudió de todos modos y abrió el agua del fregadero. Puso las manos debajo del chorro con el propósito de limpiar algunas de las piezas del juego. Luego cerró la llave y renunció a la idea. Aquello parecía el doble de silencioso que un momento antes.

–¿Qué pasa?

Willie estaba en la puerta del taller. Llevaba puesta una camiseta verde y pantalones de mezclilla anchos. Tenía un periódico en la mano. En el titular se leía: "Tragedia en el parque de diversiones"

–Me costó dormir —dijo Domínguez.

–Sí —Willie se dejó caer en un taburete metálico—, también a mí.

Hizo girar el taburete mientras miraba inexpresivamente el periódico.

–¿Cuándo crees tú que abrirán otra vez?

Domínguez se encogió de hombros.

–Pregunta a la policía.

Estuvieron sentados en silencio un momento, cambiando de postura por turnos. Domínguez soltó un suspiro. Willie buscó algo en el bolsillo y sacó una barra de chicle. Era lunes. Era por la mañana. Esperaban que entrara el viejo y se iniciara el trabajo del día.

La tercera persona
que Eddie encuentra en el cielo

Un viento repentino levantó a Eddie, que giró como un reloj de bolsillo en el extremo de una cadena. Una explosión de humo lo rodeó y cubrió su cuerpo con un torrente de colores. El cielo pareció descender, hasta que pudo notar que le tocaba la piel como una sábana que lo envolviera. Luego se alejó bruscamente y explotó adquiriendo un color jade. Aparecieron estrellas, millones de estrellas, como sal que se rociara sobre el firmamento verdoso.

Eddie parpadeó. Ahora estaba en las montañas, pero se trataba de unas montañas extraordinarias: una cadena que nunca terminaba, con cimas coronadas de nieve, rocas dentadas y escarpadas laderas de color púrpura. En una hondonada entre dos crestas había un gran lago negro. Una luna se reflejaba brillante en sus aguas.

Al pie de la cadena de montañas Eddie distinguió una luz de colores parpadeante que cambiaba rítmicamente cada pocos segundos. Avanzó en aquella dirección y se dio cuenta de que estaba hundido en la nieve hasta la pantorrilla. Alzó el pie y lo sacudió con fuerza. Los copos se desprendieron soltando destellos dorados. Cuando los tocó, no estaban ni fríos ni húmedos.

"¿Dónde estoy ahora?", pensó Eddie. Una vez más revisó su cuerpo, apretándose los hombros, el pecho, el estómago. Los músculos de sus brazos seguían tensos, pero la parte central del cuerpo estaba más floja, con algo de grasa. Dudó, luego se apretó la rodilla izquierda. Sintió un fuerte dolor e hizo una mueca. Esperaba que después de separarse del capitán su herida desaparecería. Pero, al parecer, había vuelto a ser el hombre que había sido en la Tierra, con cicatrices, llantitas y todo. ¿Por qué el cielo hacía que uno volviera a vivir su propia decadencia física?

Siguió las luces parpadeantes de debajo de la estrecha cadena de montañas. Aquel paisaje, desnudo y silencioso, quitaba la respiración; se ajustaba más a cómo había imaginado el cielo. Por un momento se preguntó si ya habría terminado, si el capitán no se habría equivocado, si no habría más personas con las que encontrarse. Avanzó por la nieve bordeando una roca hasta el gran claro de donde procedían las luces. Volvió a parpadear; esta vez con incredulidad.

Allí, en el campo nevado, aislado, había una

construcción que parecía un vagón con el exterior
de acero inoxidable y el techo rojo en forma de barril. Un rótulo parpadeaba encima: "Comidas".

Un restaurante.

Eddie había pasado muchas horas en sitios
como aquél. Todos parecían el mismo: asientos de
respaldo alto, mesas brillantes, una hilera de ventanas con cristales pequeños en la parte lateral,
que, desde fuera, hacían que los clientes parecieran
pasajeros de un vagón de tren. Eddie distinguía
ahora las figuras por esas ventanas; eran personas
que hablaban y gesticulaban. Avanzó hasta los escalones cubiertos de nieve y llegó a la puerta de doble hoja de cristal. Miró dentro.

Una pareja de personas mayores estaba sentada a su derecha comiendo pastel; no se fijaron en
él. Otros clientes estaban sentados en sillas girato-
rias en la barra de mármol o en las mesas, y sus
abrigos colgaban en percheros. Parecían de décadas diferentes: Eddie vio a una mujer con un vestido de cuello cerrado de la década de 1930 y a un joven con un signo de la paz de los años sesenta
tatuado en el brazo. Muchos de los clientes parecía
que habían sido heridos. A un negro con camisa de
trabajo le faltaba un brazo. Una adolescente tenía
una cuchillada cruzándole el rostro. Ninguno de
ellos miró cuando Eddie dio unos golpecitos en la
ventana. Vio a cocineros con gorros blancos de papel, y fuentes con comida humeante a la espera de

ser servida en el mostrador; comida que parecía de lo más apetitoso: salsas de color rojo oscuro, cremas amarillas. Desplazó la mirada hacia la última mesa de la esquina derecha. Quedó paralizado.

No podía creer lo que estaba viendo.

–No —se oyó susurrar a sí mismo. Se dio la vuelta y se apartó de la puerta. Aspiró profundamente. El corazón le latía con fuerza. Giró y volvió a mirar. Luego golpeó enloquecidamente los cristales.

–¡No! —gritó Eddie. ¡No! ¡No! —golpeó hasta que estuvo seguro de que iba a romper el cristal. ¡No! —siguió gritando hasta que la palabra que quería, una palabra que no había pronunciado en décadas, finalmente se le formó en la garganta. Luego gritó aquella palabra; la gritó tan fuerte que la cabeza empezó a dolerle. Pero la figura de la mesa siguió sentada, ajena, con una mano encima del tablero, la otra sujetando un puro, sin levantar la vista en ningún momento, aunque Eddie gritó muchas veces, una y otra vez:

–¡Papá! ¡Papá! ¡Papá!

EL CUMPLEAÑOS DE EDDIE ES HOY

En el oscuro y esterilizado pasillo del hospital militar, la madre de Eddie abre la caja blanca de la pastelería y arregla las velas del pastel, poniéndolas derechas, doce a un lado, doce al otro. Los demás —el padre de Eddie, Joe, Marguerite, Mickey Shea— están a su alrededor; la miran.

—¿Tiene alguien un cerillo? —susurra.

Se dan golpecitos en los bolsillos. Mickey saca una caja de su saco y al hacerlo se le caen al suelo dos cigarros sueltos. La madre de Eddie enciende las velas. Suena un ascensor al fondo del pasillo. Sacan una camilla con ruedas.

—¿Todos preparados? ¿Vamos? —dice la madre de Eddie.

Las pequeñas llamas vacilan cuando se mueven todos a la vez. El grupo entra en la habitación de Eddie con cuidado.

—Feliz cumpleaños a ti, feliz cumpleaños a ti...

El soldado de la cama de al lado se despierta gritando:

—¿Qué demonios pasa?

Se da cuenta de dónde está y se deja caer de nuevo, avergonzado. La canción, una vez interrumpida, parece difícil de retomar, y sólo la voz de la madre de Eddie, temblorosa y sola, es capaz de continuar.

—Feliz cumpleaños, Eeeddie queriiido... —luego, rápidamente—: feliz cumpleaños a ti.

Eddie se incorpora apoyándose en una almohada. Tiene las quemaduras vendadas. La pierna con una larga escayola. Hay un par de muletas junto a la cama. Él mira aquellos rostros como si estuviera consumido por el deseo de echar a correr.

Joe se aclara la voz.

—Bueno, oye, tienes un aspecto excelente —dice. Los otros se muestran de acuerdo—; bueno, sí. Muy bueno.

—Tu madre te trajo un pastel —susurra Marguerite.

La madre de Eddie da unos pasos hacia delante, como si le tocara hacerlo. Ofrece a Eddie la caja de cartón.

Eddie murmura:

—Gracias, mamá.

Ella pasea la vista alrededor.

—¿Dónde la puedo dejar?

Mickey agarra una silla. Joe despeja una pequeña mesita de noche. Marguerite aparta las muletas de Eddie. Su padre es el único que no se mueve sólo por mo-

verse. Está quieto junto a una pared oscura, con el saco en el brazo, y mira la pierna de Eddie, escayolada del muslo a la pantorrilla.

Eddie ve que lo está mirando. Su padre baja la vista y pasa la mano por el alféizar de la ventana. Eddie tensa todos los músculos del cuerpo e intenta, voluntariamente, que le asomen lágrimas por los ojos.

Todos los padres hacen daño a sus hijos. No se puede evitar. La juventud, como cristal nuevo, recoge las huellas de los que la manejan. Unos padres manchan, otros rompen, otros destrozan por completo la infancia de sus hijos; la hacen pedazos y ya no se puede reparar.

El daño que hizo el padre de Eddie fue, al principio, el daño que produce el descuido. Cuando era muy pequeño, a Eddie su padre lo tomaba en brazos en raras ocasiones, y ya de niño, por lo general, lo agarraba por el brazo, menos con amor que con enojo. Su madre le proporcionaba ternura; su padre estaba más por la disciplina.

Los sábados, el padre lo llevaba al parque de diversiones. Eddie salía del departamento con visiones de carruseles y bolas de algodón de azúcar, pero al cabo de una hora o algo así, su padre encontraba una cara conocida y decía:

–Cuida al muchacho por mí, ¿de acuerdo?

Hasta que volvía su padre, normalmente a última hora de la tarde, por lo general borracho, Eddie quedaba al cuidado de un acróbata o de un adiestrador de animales.

Con todo, durante horas interminables de su juventud, Eddie esperaba atraer la atención de su padre, sentado en las barandillas o puesto en cuclillas encima de una de las cajas de herramientas del taller de mantenimiento. Muchas veces decía:

–¡Puedo ayudar, puedo ayudar! —pero el único trabajo que le confiaban era que entrara a cuatro patas debajo de la rueda de la fortuna por la mañana, antes de que abrieran el parque, a recoger las monedas que se hubieran caído de los bolsillos de los que habían subido la tarde anterior.

Al menos cuatro tardes a la semana su padre jugaba a las cartas. En la mesa había dinero, botellas y cigarros, y suponía que ciertas obligaciones. La obligación de Eddie era sencilla: no molestar. Una vez trató de ponerse junto a su padre y mirar sus cartas, pero el hombre dejó el puro y sonó como el trueno, al tiempo que le pegaba en la cara con el dorso de la mano.

–Deja de echarme el aliento —dijo.

Eddie se echó a llorar y su madre lo atrajo agarrándolo por la cintura. Miró enojada a su marido. El niño nunca volvió a ponerse tan cerca.

Otras noches, cuando las cartas eran malas,

las botellas se habían vaciado y su madre ya estaba dormida, su padre entraba como un trueno en el dormitorio de Eddie y Joe. Se abalanzaba sobre los pobres muchachos y los lanzaba contra la pared. Luego hacía que sus hijos se tumbaran boca abajo en la cama mientras él se quitaba el cinturón y luego les azotaba el trasero al tiempo que les gritaba que estaban gastando su dinero en porquerías. Eddie rezaba para que se despertara su madre, pero incluso las veces que lo hacía, su padre le advertía que "no se metiera en aquello". Verla en el pasillo, agarrándose la bata, tan impotente como él, hacía que Eddie se sintiese aún peor.

Las manos que atendieron a Eddie en su infancia, pues, fueron duras, callosas y rojas de ira, y pasó sus años de niño golpeado y amenazado. Aquél fue el segundo daño que le hicieron; el primero después del descuido. La violencia. Esto fue así hasta tal punto que Eddie podía predecir por el sonido de los pasos que avanzaban por el pasillo la dureza de los golpes que iba a recibir.

Aun así, a pesar de todo, en secreto Eddie adoraba a su padre, porque los hijos adoran a sus padres aunque se porten mal con ellos. Es el modo en que aprenden a querer. Antes de que quiera a Dios o a una mujer, un niño quiere a su padre, de modo insensato, más allá de cualquier explicación.

Y ocasionalmente, como para avivar las débiles brasas de un fuego, el padre de Eddie dejaba que un destello de orgullo rompiera la dura capa de su desinterés. En el campo de beisbol de la escuela de la avenida Catorce, su padre se detenía detrás de la cerca para ver jugar a Eddie. Si al batear su hijo mandaba la pelota fuera del campo, su padre asentía con la cabeza, y cuando hacía eso, Eddie daba saltos al recorrer las bases. Otras veces, cuando Eddie volvía a casa después de una pelea callejera, su padre se fijaba en los nudillos despellejados o en un labio partido. Preguntaba:

–¿Qué le pasó al otro niño? —y Eddie decía que lo había zurrado bien.

Aquello también contaba con la aprobación de su padre.

Y cuando Eddie atacó a los muchachos que estaban molestando a su hermano —"los matones", los llamaba su madre—, Joe estaba avergonzado y se escondía en su habitación, pero su padre dijo:

–No te preocupes por él. Tú eres el fuerte. Protege a tu hermano. No dejes que nadie lo toque.

Cuando Eddie empezó a ir al instituto, durante el verano hacía el mismo horario de su padre, y se levantaba antes que el sol y trabajaba en el parque hasta que caía la noche. Al principio se ocupaba de los juegos más sencillos, manejando las palancas de freno y haciendo que los vagones de los trenes se detuvieran suavemente. En los años siguientes trabajó en el taller de mantenimiento. Su padre lo ponía a prueba dándole piezas para reparar. Le entregaba un volante dañado y decía:

—Arréglalo.

Señalaba una cadena enredada y decía:

—Arréglala.

Traía una defensa oxidada de un coche y una hoja de papel de lija y decía:

—Arréglala.

Y todas las veces, después de realizar la tarea, Eddie le devolvía el objeto a su padre y decía:

—Ya está arreglado.

De noche se reunían en torno a la mesa de la cocina; su madre, regordeta y sudorosa, preparaba la cena junto al fogón, y su hermano Joe hablaba sin parar, con el pelo y la piel oliéndole a agua de mar. Joe se había convertido en un buen nadador, y durante el verano trabajaba en la alberca del Ruby Pier. Hablaba de toda la gente que veía allí, de sus trajes de baño, de su dinero. Al padre no le impresionaba nada de eso. Una vez Eddie oyó casualmente que le hablaba a su madre de Joe.

—Ése —decía— solamente vale para estar en el agua.

Con todo, Eddie envidiaba el aspecto que tenía su hermano por la noche, tan moreno y limpio. Sus uñas, como las de su padre, estaban manchadas de grasa, y en la mesa, durante la cena, Eddie trataba de quitarse la porquería con la uña del pulgar. Una vez sorprendió a su padre mirándolo y el viejo sonrió.

–Demuestran que tuviste un día de trabajo duro —dijo, y enseñó sus propias uñas antes de que se cerraran en torno a un vaso de cerveza.

Por esa época Eddie ya era un fornido adolescente y sólo respondía con un movimiento de la cabeza. Sin darse cuenta se había iniciado en el ritual de intercambiar señales de su padre, renunciando a las palabras o a las manifestaciones físicas de afecto. Todo tenía que hacerse internamente. Se suponía que uno se daba cuenta, eso es todo. Falta de afecto. El daño estaba hecho.

Y entonces, una noche, las palabras cesaron por completo. Eso pasó después de la guerra, cuando a Eddie lo dieron de alta en el hospital. Le habían quitado la escayola de la pierna y había vuelto al departamento de su familia en la avenida Beachwood. Su padre había estado bebiendo en un bar cercano y cuando volvió tarde a casa encontró a Eddie dormido en el sofá. Las tinieblas del combate habían cambiado a Eddie. No salía de casa. Hablaba raramente, incluso con Marguerite. Pasaba horas mirando por la ventana de la cocina, contemplando cómo daba vueltas el carrusel, tocándose la rodilla herida. Su madre susurraba que "sólo era cuestión de tiempo", pero su padre se iba poniendo más nervioso cada día. No entendía la depresión. Para él era debilidad.

—Levántate —gritó arrastrando las palabras— y consigue trabajo.

Eddie se estremeció. Su padre volvió a gritar:

—Levántate... ¡y consigue trabajo!

El viejo se tambaleaba, pero se acercó a Eddie y lo empujó.

—¡Levántate y consigue trabajo! ¡Levántate y consigue trabajo! Levántate... y... ¡consigue un trabajo!

Eddie se incorporó apoyándose en los codos.

—¡Levántate y consigue trabajo! Levántate y...

—¡Basta! —gritó Eddie poniéndose de pie, ignorando el dolor de la rodilla. Miró fijamente a su padre, con la cara a unos centímetros de la de él. Olía el mal aliento a alcohol y tabaco.

El viejo miró la pierna de Eddie. Su voz se convirtió en un gruñido.

—¿Ves? No... te... duele... tanto.

Tambaleándose, dio un paso atrás dispuesto a lanzar un puñetazo, pero Eddie se movió instintivamente y agarró el brazo de su padre. Los ojos del viejo se desorbitaron. Era la primera vez que Eddie se defendía, la primera vez que hacía algo en lugar de limitarse a recibir una paliza como si la mereciera. Su padre miró su propio puño cerrado, que no había logrado su objetivo, y por los agujeros de la nariz le salió humo. Apretó los dientes, echándose hacia atrás titubeante, y se soltó el brazo. Miró a Eddie con los ojos de un hombre que ve un tren que arranca bruscamente.

No volvió a hablar con su hijo.

Aquélla fue la última marca que quedó en el cristal de Eddie. El silencio. El silencio se cernió sobre los años que quedaban. Su padre guardó silencio cuando Eddie se trasladó a su propio departamento, guardó silencio en su boda, guardaba silencio cuando él iba a ver a su madre. Ésta suplicaba, lloraba e imploraba a su marido que cambiara de actitud, que lo olvidara, pero él sólo le decía, con las mandíbulas apretadas, lo que les decía a otros que le habían hecho la misma petición:

–Ese muchacho levantó su mano contra mí.

Y aquello era el fin de la conversación.

Todos los padres hacen daño a sus hijos. Aquélla fue su vida juntos. Abandono. Violencia. Silencio. Y ahora, en algún lugar más allá de la muerte, Eddie se desplomó contra una pared de acero inoxidable y cayó en la nieve, herido de nuevo por el rechazo de un hombre cuyo cariño, casi inexplicablemente, todavía ansiaba, un hombre que lo ignoraba, incluso en el cielo. Su padre. El daño estaba hecho.

☜

–No te enojes —dijo una voz de mujer. No te puede oir.

Eddie alzó la cabeza bruscamente. Una anciana estaba parada delante de él en la nieve. Tenía la cara demacrada, las mejillas hundidas y los labios pintados de rojo, y su pelo blanco peinado tirante hacia atrás era tan escaso que en ciertas partes se distinguía el cuero cabelludo rosa por debajo. Llevaba unos lentes de montura metálica tras los cuales se veían sus pequeños ojos azules.

Eddie no conseguía recordarla. Su ropa era de antes de su época: un vestido hecho de seda y gasa, con un corpiño tachonado de cuentas blancas que se le cerraba en un lazo de terciopelo justo debajo del cuello. La falda tenía un cinturón de piedras preciosas falsas con broches y ganchos a un lado. Mantenía una postura elegante, sujetando una sombrilla con las dos manos. Eddie supuso que había sido rica.

–No siempre fui rica —dijo ella sonriendo, como si lo hubiera oído—, me crié casi como tú, en uno de los arrabales de la ciudad, y me vi obligada a dejar de estudiar a los catorce años. Tuve que trabajar. Y lo mismo mis hermanas. Entregábamos cada centavo a la familia...

Eddie la interrumpió. No quería oir otra historia.

–¿Por qué no me puede oir mi padre? —preguntó.

La mujer sonrió.

–Porque su espíritu, sano y salvo, es parte de mi eternidad. Pero él no está aquí de verdad. Tú sí.

–¿Por qué mi padre tiene que estar a salvo para usted?

Ella hizo una pausa.

–Ven —dijo.

De pronto estaban al pie de la montaña. La luz del restaurante era sólo una mota, como una estrella que hubiera caído dentro de una grieta.

–Hermoso, ¿verdad? —dijo la anciana. Eddie siguió su mirada. Había algo en ella, como si hubiera visto su fotografía en alguna parte.

–¿Es usted... mi tercera persona?

–Lo soy —dijo ella.

Eddie se rascó la cabeza. "¿Quién era aquella mujer?" Del Hombre Azul y del capitán tenía al menos algún recuerdo del papel que habían desempeñado en su vida. ¿Por qué una desconocida? ¿Por qué ahora? Eddie alguna vez había supuesto que la muerte significaría reunirse con los que se fueron antes que tú. Había asistido a muchos entierros, sacado brillo a sus zapatos negros de vestir, buscado su sombrero, y luego permanecido quieto en un cementerio haciéndose la misma pregunta desesperada: "¿Por qué se van ellos y yo sigo aquí todavía?". Su madre. Su hermano. Sus tíos y tías. Su amigo Noel. Marguerite.

–Un día —decía el sacerdote— nos reuniremos todos en el Reino de los Cielos.

¿Dónde estaban, entonces, si aquello era el cielo? Eddie examinó a aquella extraña anciana. Se sentía más solo que nunca.

—¿Puedo ver la Tierra? —susurró.

Ella negó con la cabeza.

—¿Puedo hablar con Dios?

—Eso siempre lo puedes hacer.

Eddie dudó antes de hacer la siguiente pregunta.

—¿Puedo volver?

Ella lo miró entrecerrando los ojos.

—¿Volver?

—Sí, volver —dijo Eddie. A mi vida. A aquel último día. ¿Puedo hacer algo? ¿Puedo prometer que seré bueno? ¿Puedo prometer que siempre iré a la iglesia? ¿Algo?

—¿Por qué? —ella parecía divertida.

—¿Por qué? —repitió Eddie. Golpeó la nieve con la mano y no la notó ni fría ni húmeda—, ¿por qué? Porque este sitio para mí no tiene sentido. Porque no me siento un ángel, y supongo que es así como me debería sentir. Porque no siento nada de lo que imaginé. Ni siquiera puedo recordar mi propia muerte. No puedo recordar el accidente. Lo único que recuerdo son aquellas dos manitas... a aquella niña a la que intentaba salvar, ¿entiende? Yo trataba de tirar de ella para que se quitara de allí y creo que la agarré de las manos, pero fue entonces cuando...

La mujer se encogió de hombros.

–¿Moriste? —dijo la anciana sonriendo. ¿Te fuiste? ¿Desapareciste? ¿Te encontraste con el Hacedor?

–Morí —dijo él soltando el aire. Y eso es lo único que recuerdo. Luego usted, los otros, todo esto. ¿No se suponía que tendría paz cuando muriera?

–Tienes paz —dijo la anciana— cuando la tienes contigo mismo.

–No —dijo Eddie negando con la cabeza. No, no es así —pensó en hablarle del nerviosismo que había sentido todos los días desde la guerra, de los malos sueños, de la incapacidad para interesarse realmente por algo, de las veces que había ido solo a los muelles y había visto a los peces dentro de las grandes redes de cuerda, sintiéndose inquieto porque se veía a sí mismo en aquellas indefensas criaturas, atrapado y sin posibilidad de escape.

No le contó eso a la mujer. Se limitó a decir:

–No quiero ofenderla, señora, pero ni siquiera sé quién es usted.

–Pues yo sí te conozco a ti —dijo ella.

Eddie lanzó un suspiro.

–¿Sí? ¿Y cómo es eso?

–Bien —dijo ella—, si tienes un momento.

Entonces ella se sentó, aunque no había nada en qué sentarse. Se limitó a quedarse sentada en el aire, cruzó las piernas, como una dama, manteniendo la columna vertebral recta. La falda larga se plegaba pulcramente a su alrededor. Soplaba una brisa, y Eddie percibió el suave aroma de su perfume.

–Como mencioné, una vez estuve trabajando. Mi trabajo consistía en servir comida en un local que se llamaba La Parrilla del Caballito de Mar. Estaba cerca del oceano donde tú te criaste. Quizá lo recuerdes.

Hizo un movimiento con la cabeza hacia el restaurante, y Eddie lo recordó todo. Claro. Aquel sitio. Solía desayunar allí. Un local grasiento, se decía. Lo derribaron años atrás.

–¿Usted? —dijo Eddie casi riendo. ¿Era usted mesera en El Caballito de Mar?

–Así es —dijo ella con orgullo. Servía a los trabajadores del puerto su café y a los estibadores bollos y tocino.

"En aquellos años yo era una joven atractiva, debería añadir. Rechacé muchas proposiciones. Mis hermanas me regañaban. '¿Quién eres tú para elegir tanto? —decían. Consigue un hombre antes de que sea demasiado tarde.'

"Entonces, una mañana, el caballero de aspecto más distinguido que yo había visto en mi vida cruzó la puerta. Llevaba un traje a rayas y un sombrero de hongo. Tenía el pelo oscuro cuidadosamente cortado y su bigote ocultaba una sonrisa constante. Asintió con la cabeza cuando le serví y traté de no mirarlo. Pero cuando habló con su colega, oí su risa intensa, confiada. Lo sorprendí dos veces mirando en mi dirección. Cuando pagó su cuenta, me dijo que se llamaba Emile y preguntó si me podía llamar. Comprendí, justo entonces, que mis hermanas ya no tendrían que decirme que tomara una decisión.

"Nuestro noviazgo fue maravilloso, pues Emile era un hombre de posibilidades. Me llevó a sitios en los que yo nunca había estado, me compró ropa que yo nunca había imaginado tener algún día, me invitó a comer cosas que nunca había probado en mi vida de pobre. Emile se había hecho rico rápidamente, debido a inversiones en madera y acero. Era derrochador, le gustaba correr riesgos y no tenía límites cuando se le ocurría una idea. Supongo que por eso le atrajo una joven pobre como yo. Aborrecía a los que habían nacido ricos y le gustaba hacer cosas que la 'gente sofisticada' nunca haría.

"Una de esas cosas era frecuentar los locales de la costa. Le gustaban los juegos, las comidas sabrosas, los gitanos, los adivinos, los que calculaban tu peso y las buceadoras. A los dos nos encantaba el mar. Un día, mientras estábamos sentados en la arena, con las olas rompiendo suavemente a nuestros pies, me pidió que me casara con él.

"Yo no cabía en mí de alegría. Le dije que sí y oímos los sonidos de niños que jugaban en el oceano. Emile se lanzó una vez más y juró que pronto construiría un parque de diversiones sólo para mí, para que quedara constancia de aquel momento..., para que permaneciéramos jóvenes siempre."

La anciana sonrió.

–Emile mantuvo su promesa. Unos años después hizo un trato con la compañía de ferrocarriles, que andaba buscando el modo de aumentar el número de viajeros los fines de semana. Por eso se construyeron la mayoría de los parques de diversiones, ¿sabes?

Eddie asintió con la cabeza. Lo sabía. La mayoría de la gente no. La mayoría creía que los parques de diversiones los habían construido duendes con bastones de caramelo. En realidad, sólo eran negocios de las compañías ferrocarrileras, que los levantaron en las últimas paradas de sus trayectos para que los pasajeros que utilizaban los trenes entre semana tuvieran un motivo para usarlos también los fines de semana. "¿Sabes dónde trabajo yo? —solía decir Eddie. Al final del trayecto. Ahí es donde trabajo."

–Emile —continuó la anciana— construyó el sitio más maravilloso, un malecón enorme con madera y acero de su propiedad. Luego vinieron las atracciones mágicas: regatas y paseos a caballo y viajes en barco y en trenecitos. Había un carrusel importado de Francia y una rueda de la fortuna de una de las exposiciones internacionales de Alemania. Había torres y cúpulas y millares de luces incandescentes. Brillaba tanto de noche que el parque se podía ver desde la cubierta de un barco en el oceano.

"Emile contrató a cientos de trabajadores, trabajadores del lugar, trabajadores de las ferias y trabajadores extranjeros. Trajo animales, acróbatas y payasos. La entrada fue lo último que se terminó, y era grande de verdad. Todo el mundo lo decía. Cuando estuvo terminada, me llevó allí con los ojos tapados con una venda. Cuando me la quitó, lo vi."

La anciana se alejó un poco de Eddie. Lo miró con curiosidad, como si estuviera decepcionada.

–¿La entrada? —dijo. ¿No la recuerdas? ¿Nunca te preguntaste por su nombre? ¿El del sitio donde trabajabas? ¿Donde trabajaba tu padre?

Se tocó el pecho suavemente con los dedos cubiertos con guantes blancos. Luego se inclinó, como si se presentara de un modo formal.

–Yo —dijo— soy Ruby.

Tiene treinta y tres años. Se despierta sobresaltado, jadeante. Tiene el pelo espeso, negro y empapado de sudor. Parpadea repetidamente en la oscuridad, tratando desesperado de verse el brazo, los nudillos, cualquier cosa que le indique que está aquí, en el departamento de encima de la panadería, y no de vuelta a la guerra, en la aldea en llamas. Aquel sueño. ¿Nunca desaparecería?

Sólo son las cuatro de la mañana. Inútil volver a dormirse. Espera hasta que recupera el resuello, luego se levanta lentamente de la cama, tratando de no despertar a su mujer. Pone primero la pierna derecha en el suelo, siguiendo la costumbre, para evitar la irremediable rigidez de la izquierda. Eddie empieza cada mañana del mismo modo. Un paso y luego cojear.

En el cuarto de baño, se mira los ojos inyectados en sangre y se echa agua a la cara. Siempre es el mismo sueño: él andando entre las llamas en Filipinas en su última noche de guerra. Las cabañas de la aldea están envueltas en llamas y hay un sonido agudo constante. *Algo invisible golpea sus piernas y él trata de aplastarlo, pero falla, y luego intenta aplastarlo otra vez y vuelve a fallar. Las llamas se hacen más intensas, rugiendo como un motor, y entonces aparece Smitty gritándole: "¡Vamos! ¡Vamos!". Él intenta hablar, pero cuando abre la boca, un sonido agudo sale de su garganta. Entonces algo lo agarra por las piernas y tira de él desde debajo del lodo del suelo.*

Y en ese momento se despierta. Sudando. Jadeando. Siempre lo mismo. Lo peor no es el insomnio. Lo peor es la oscuridad en que lo deja el sueño, una película gris que nubla el día; incluso sus momentos felices quedan recluidos en una especie de agujeros hechos en una dura capa de hielo.

Se viste rápidamente y baja por la escalera. El taxi está estacionado junto a la esquina, el lugar habitual, y Eddie limpia la humedad del parabrisas. Nunca le habla a Marguerite de esa oscuridad. Ella le acaricia el pelo y le dice: "¿Qué pasa?". Y él contesta: "Nada, tengo palpitaciones", ya está. ¿Cómo puede explicarle tanta tristeza cuando ella cree que lo hace feliz? La verdad es que no se lo puede explicar ni a sí mismo. Lo único que sabe es que apareció algo delante de él, interrumpiendo su camino, que le hizo renunciar a las cosas, renunciar a estudiar ingeniería y renunciar a la idea de viajar. Está sentado sobre su vida. Y allí permanece.

Esta noche, cuando regresa del trabajo, estaciona el taxi en la esquina. Sube lentamente por la escalera. De su departamento llega música, una canción conocida:

You made me love you.	Hiciste que te amara.
I didn't want to do it,	Yo no quería amar,
I didn't want to do it...	yo no quería amar...

Abre la puerta y ve el pastel encima de la mesa y una bolsita atada con una cinta.

—¿Cariño? —grita Marguerite desde el dormitorio—, ¿eres tú?

Él levanta la bolsa blanca. Caramelo quemado. Del parque de diversiones.

—Cumpleaños feliz... —Marguerite sale cantando con su suave y dulce voz. Está guapa, lleva el vestido estampado que le gusta a Eddie; se ha peinado y pintado con esmero. Él nota que necesita respirar, siente que no merece ese momento. Lucha contra la oscuridad de su interior. "Déjame en paz —le grita a esa oscuridad. Déjame sentir como debería sentir."

Marguerite termina la canción y lo besa en los labios.

—¿Quieres reñirme por el caramelo quemado? —susurra.

Él va a besarla otra vez. Alguien llama a la puerta.

—¡Eddie! ¿Estás ahí? ¿Eddie?

El señor Nathanson, el panadero, vive en el departamento de la planta baja, detrás de la panadería. Tiene teléfono. Cuando Eddie abre la puerta, está parado en el umbral. Lleva bata. Parece preocupado.

—Eddie —dice—, baja. Te llaman por teléfono. Creo que le ha pasado algo a tu padre.

–Yo soy Ruby.

De repente Eddie entendió por qué la mujer le parecía conocida. Había visto una fotografía suya en algún sitio del fondo del taller de mantenimiento, entre los viejos manuales y documentos del dueño original del parque.

–La antigua entrada... —dijo Eddie.

Ella asintió con satisfacción. La entrada original al Ruby Pier había sido una especie de hito, una arcada gigante inspirada en un templo histórico francés, con columnas acanaladas y una cúpula abovedada en lo más alto. Justo debajo de esa cúpula, bajo la que debían pasar todos los que entraran, estaba pintada la cara de una hermosa mujer. Aquella mujer. Ruby.

–Pero desapareció hace mucho tiempo —dijo Eddie. Hubo un gran...

Hizo una pausa.

–Incendio —dijo la anciana. Sí, un incendio muy grande —hundió la barbilla, y miró hacia abajo detrás de los lentes, como si estuviera leyendo algo en su regazo.

"Fue el día de la Independencia, el 4 de julio, un día de fiesta. A Emile le encantaban las fiestas. 'Son buenas para el negocio', decía. Si el día de la Independencia iba bien, todo el verano iría bien. De modo que Emile organizó unos fuegos artificiales y contrató a una banda de música, e incluso a trabajadores extra, por lo general peones, para aquel fin de semana.

"Pero algo pasó la noche anterior a la fiesta. Hacía mucho calor, incluso después de ponerse el sol, y algunos de los peones decidieron dormir fuera, detrás de los almacenes. Encendieron fuego en un barril metálico para calentarse la comida.

"Según avanzaba la noche, hubo bebida y juerga. Los trabajadores agarraron algunos de los cohetes más pequeños y los encendieron. Soplaba viento. Las chispas se dispersaron. En aquella época todo estaba hecho de madera y alquitrán..."

Meneó la cabeza.

–Lo demás pasó rápidamente. El fuego se extendió por la avenida central hasta los puestos de comida y las jaulas de los animales. Los peones escaparon corriendo. En ese momento vino alguien a nuestra casa a despertarnos. El Ruby Pier estaba en llamas. Desde nuestra ventana vimos el horrible resplandor naranja. Oímos los cascos de los caballos y los vehículos a vapor de la brigada de incendios. La gente estaba en la calle.

"Supliqué a Emile que no saliera, pero fue inútil. Claro que iría. Se acercó al furioso fuego y trató de salvar sus años de trabajo. Estaba dominado por la ira y el miedo, y cuando se incendió la entrada, la entrada con mi nombre y mi retrato, perdió toda idea de dónde estaba. Fuera de sí, intentaba apagarla con cubetadas de agua cuando le cayó encima una columna."

La anciana unió los dedos y se los llevó a los labios.

–En el curso de una noche nuestras vidas cambiaron para siempre. Habituado a correr riesgos, Emile había asegurado el parque por el mínimo. Perdió su fortuna. El regalo espléndido que me había hecho.

"Desesperado, vendió los restos abrasados a un hombre de Pensilvania por menos de lo que valían. El nuevo dueño mantuvo el nombre del parque, Ruby Pier, y con el tiempo volvió a abrirlo. Pero ya no era nuestro.

"El ánimo de Emile quedó tan destrozado como su cuerpo. Tardó tres años en volver a andar solo. Nos trasladamos a un sitio en las afueras de la ciudad, un departamento pequeño, donde vivimos modestamente, yo atendiendo a mi lisiado marido y alimentando un deseo."

Se interrumpió.

–¿Qué deseo? —dijo Eddie.

–Que Emile nunca hubiera construido aquel sitio.

La anciana siguió sentada en silencio. Eddie examinó el inmenso cielo de color jade. Pensó en las veces que él había deseado lo mismo, que el que había construido el Ruby Pier hubiese hecho otra cosa con su dinero.

–Siento lo de su marido —dijo Eddie, más que nada porque no sabía qué otra cosa decir.

La anciana sonrió.

–Gracias, querido. Pero vivimos muchos años más después de aquel incendio. Criamos tres hijos. Emile estaba enfermo, entraba y salía del hospital. Me dejó viuda cuando yo tenía poco más de cincuenta años. ¿Ves esta cara, estas arrugas? —alzó el rostro—, me las gané, una a una.

Eddie frunció el ceño.

–No entiendo. Nosotros, ¿no nos vimos nunca? ¿Nunca fue usted por el parque?

–No —dijo ella. Nunca quise volver a verlo. Mis hijos sí fueron, y sus hijos, y los hijos de sus hijos. Pero yo no. Mi idea del cielo estaba muy lejos del oceano, estaba en aquel restaurante con tanto público, cuando mi vida era sencilla, cuando Emile era mi novio.

Eddie se frotó las sienes. Cuando respiraba, soltaba vapor.

–Entonces ¿por qué estoy yo aquí? —dijo. Me refiero a su historia, el incendio... Todo eso pasó antes de que yo naciera.

–Las cosas que pasan antes de que uno nazca también tienen importancia en nuestas vidas —dijo ella—, al igual que las personas que viven antes que nosotros.

"Todos los días pasamos por sitios que nunca habrían existido si no fuera por los que vivieron antes que nosotros. Los sitios donde trabajamos, en los que pasamos tanto tiempo... muchas veces pensamos que empezaron cuando llegamos nosotros. Y eso no es cierto."

Unió y separó las yemas de los dedos.

–De no haber nacido Emile, yo no habría tenido marido. Si no hubiera sido por nuestro matrimonio, nunca habría existido el parque. Si no hubiera existido el parque, tú no habrías terminado trabajando allí.

Eddie se rascó la cabeza.

–Entonces, ¿usted está aquí para hablarme del trabajo?

–No, querido —respondió Ruby con voz más débil. Estoy aquí para decirte por qué murió tu padre.

🕮

La llamada de teléfono era de la madre de Eddie. Su padre había sufrido un colapso aquella tarde en el extremo este de la pasarela, cerca del Cohete Infantil. Tenía mucha fiebre.

–Eddie, estoy asustada —dijo su madre con voz temblorosa. Le contó que una noche, a principios de semana, cuando su padre había vuelto a casa al amanecer, estaba empapado. Tenía la ropa llena de arena y había perdido un zapato. Según ella, olía a mar. Eddie pensó que también debía de oler a alcohol.

–Tosía —explicó su madre. Empeoró. Deberíamos haber llamado al médico inmediatamente... —hablaba de forma atropellada. Su padre había ido a trabajar aquel día, dijo, aunque estaba enfermo, con su cinturón de herramientas y su martillo mecánico, como siempre, pero aquella noche se negó a cenar y en la cama tosía y respiraba con dificultad y empapó de sudor la camiseta. Al día siguiente estaba peor. Y ahora, aquella tarde, había sufrido un colapso.

–El médico dijo que era neumonía. Yo debería de haber hecho algo. Debería de haber hecho algo.

–¿Y qué podrías haber hecho tú? —preguntó Eddie. Le molestaba que su madre se culpara de todo cuando las únicas culpables eran las borracheras de su padre.

La oyó llorar por el teléfono.

El padre de Eddie solía decir que había pasado tantos años a orillas del oceano que respiraba agua de mar. Ahora, lejos del oceano, confinado en la cama de un hospital, el cuerpo empezó a consumírsele como le ocurre a un pez fuera del agua. Se produjeron complicaciones. El pecho se le congestionó. Su estado pasó de bueno a estable y de estable a grave. Los amigos pasaron de decir: "Estará en casa en un día" a "Estará en casa en una semana". En ausencia de su padre, Eddie ayudó en el parque, iba a trabajar por las tardes después de dejar el taxi. Engrasaba los rieles y comprobaba los frenos y las palancas, incluso reparó en el taller algunas piezas dañadas de los juegos.

Lo que en realidad hacía era conservarle el puesto de trabajo a su padre. Los propietarios agradecieron sus esfuerzos y luego le pagaron la mitad de lo que ganaba su padre. Él le dio el dinero a su madre, que iba todos los días al hospital y se quedaba a dormir allí la mayoría de las noches. Eddie y Marguerite le limpiaban el departamento y le hacían las compras de la comida.

Cuando Eddie era adolescente, si alguna vez se quejaba o parecía aburrido con el parque, su padre le decía: "¿Qué pasa? ¿Esto no es suficiente para ti?". Y antes de que Eddie se fuera a la guerra, cuando hablaba de casarse con Marguerite y hacerse ingeniero, su padre dijo: "¿Qué pasa? ¿Esto no es suficiente para ti?".

Y ahora, a pesar de todo eso, allí estaba, en el parque, haciendo el trabajo de su padre.

Finalmente, una noche, empujado por su madre, Eddie fue al hospital. Entró despacio en la habitación. Su padre, que durante años se había negado a hablar con él, ahora no tenía ni fuerzas para intentarlo. Miró a su hijo con los ojos entrecerrados. Eddie, después de esforzarse por encontrar una frase que decir, hizo lo único que se le ocurrió: levantó las manos y le enseñó a su padre las puntas de los dedos manchadas de grasa.

—No te preocupes, muchacho —le decían los demás trabajadores de mantenimiento. Tu viejo saldrá adelante. Es el hijo de su madre más duro que hemos conocido nunca.

Los padres raramente dejan que sus hijos se vayan, de modo que los hijos los dejan. Se trasladan. Se alejan. Lo que antes los solía definir —la aprobación de su madre, el asentimiento de su padre— queda sustituido ahora por sus propios logros. Hasta mucho más tarde, cuando la piel se arruga y el corazón se debilita, los hijos no entienden; sus historias y todos sus logros se asientan sobre las historias de sus padres y madres, piedra sobre piedra, por debajo de las aguas de su vida.

Cuando le dieron la noticia de que su padre había muerto —"se fue", le dijo una enfermera, como si hubiera salido a comprar leche—, Eddie se sintió presa de una ira inútil, de ese tipo de ira que no lleva a ninguna parte. Como la mayoría de los hijos de obreros, Eddie había imaginado una muerte heroica para su padre que contrarrestara la vulgaridad de su vida. No había nada de heroico en que un borracho se quedara dormido en la playa.

Al día siguiente fue al departamento de sus padres, entró en su dormitorio y abrió todos los cajones, como si dentro fuera a encontrar un trozo de su padre. Pasó por alto unas monedas, un alfiler de corbata, una botellita de brandy, ligas, recibos de la luz, plumas y un encendedor con la imagen de una sirena grabada a un lado. Finalmente encontró un mazo de cartas. Se lo guardó en el bolsillo.

El entierro fue sencillo y breve. En las semanas que siguieron, la madre de Eddie estaba como ida. Le hablaba a su marido como si todavía estuviera allí. Le gritaba que bajara el volumen del radio. Preparaba comida para dos. Ahuecaba las almohadas de los dos lados de la cama, aunque sólo se había dormido en uno de ellos.

Una noche Eddie vio platos amontonados en el mueble de la cocina.

–Deja que te ayude —dijo.

–No, no —respondió su madre—, tu padre los lavará después.

Eddie le puso un dedo en el hombro.

–Mamá —dijo—, papá se ha ido.

–¿Adónde se ha ido?

Al día siguiente, Eddie fue a ver a su jefe y le dijo que renunciaba. Quince días después, él y Marguerite se trasladaron al edificio donde se había criado Eddie, en la avenida Beachwood, departamento 6B, donde el pasillo era muy estrecho y desde cuya ventana de la cocina se veía el carrusel. Allí Eddie aceptó un empleo que le permitía no perder de vista a su madre, un puesto que había desempeñado verano tras verano: el de operario de mantenimiento del Ruby Pier. Eddie nunca se lo dijo a nadie —incluidas su mujer y su madre—, pero maldecía a su padre por morirse y dejarlo atrapado en la vida de la que había estado tratando de escapar. Una vida que, como oía decir al viejo riéndose en su tumba, aparentemente no era suficiente para él.

Tiene treinta y siete años. El desayuno se le está enfriando.

—¿Ves el salero? —le pregunta Eddie a Noel.

Noel se levanta de la mesa masticando un trozo de salchicha, se inclina sobre la mesa de al lado y agarra el salero.

—Ten —murmura. Feliz cumpleaños.

Eddie sacude el salero con fuerza.

—Parece que resulta difícil que haya sal en las mesas.

—¿Es que tú eres el encargado? —dice Noel.

Eddie se encoge de hombros. La mañana es ya cálida y la humedad sofocante. Su rutina es ésta: desayuno, una vez por semana, sábados por la mañana, antes de que el parque enloquezca. Noel tiene una tintorería y Eddie le ayudó a conseguir el contrato para la limpieza de los uniformes de mantenimiento del Ruby Pier.

—¿Qué opinas de este tipo tan guapo? —dice Noel. Tiene un ejemplar de la revista Life *abierto y le*

muestra la foto de un joven candidato político. ¿Cómo puede presentarse a presidente este tipo? ¡Es un niño!

Eddie se encoge de hombros.

—Es más o menos de nuestra edad.

—¿Bromeas? —dice Noel. Levanta una ceja. Yo creía que para ser presidente había que ser mayor.

—Nosotros somos mayores —murmura Eddie.

Noel cierra la revista. Baja la voz.

—Oye, ¿te enteraste de lo que pasó en Brighton?

Eddie asiente con la cabeza. Da un sorbo a su café. Se ha enterado. Un parque de diversiones. Una góndola. Se rompió algo. Una madre y su hijo cayeron desde una altura de veinte metros. Se mataron.

—¿Conoces a alguien de allí? —pregunta Noel.

Eddie se pone la lengua entre los dientes. De vez en cuando se entera de ese tipo de historias, un accidente en algún parque, y se estremece como si tuviera una avispa volando cerca de la oreja. No pasa un día que no le preocupe lo que pasa aquí, en el Ruby Pier, durante sus horas de trabajo.

—No —dice—, no sé nada de Brighton.

Clava la vista en la ventana, por la que ve un grupo nutrido de nadadores que salen de la estación de tren. Llevan toallas, sombrillas y cestas de mimbre con sandwiches envueltos en papel. Algunos incluso llevan lo más nuevo: sillas plegables hechas con aluminio ligero.

Pasa un anciano con un sombrero de palma, fumando un puro.

–Fíjate en ese tipo —dice Eddie. Estoy seguro de que tirará el puro en la pasarela.

–¿Sí? —dice Noel. ¿Y qué?

–Si cae por entre las aberturas, puede provocar un incendio. Se huele incluso. Los productos químicos que ponen en la madera prenden enseguida. Ayer atrapé a un niño, no debía de tener más de cuatro años, iba a meterse una colilla de puro en la boca.

Noel pone cara de circunstancia.

–¿Y?

Eddie echa balones fuera.

–Y nada. La gente debería tener más cuidado, eso es todo.

Noel se introduce el tenedor lleno de salchicha en la boca.

–Eres más alegre que unas castañuelas. ¿Siempre te diviertes tanto el día de tu cumpleaños?

Eddie no contesta. La antigua oscuridad ha ocupado un asiento a su lado. Ya está acostumbrado a ella y le hace sitio como quien hace sitio a un compañero en un autobús abarrotado. Piensa en lo que tiene que hacer hoy: cambiar un espejo roto en la Casa de la Risa, poner defensas nuevas en los autos chocones; pegamento, se recuerda, debe pedir más pegamento. Piensa en aquellos pobres de Brighton. Se pregunta a quién tendrán allí en mantenimiento.

–¿A qué hora terminas hoy? —pregunta Noel.

Eddie lanza un suspiro.

–*Va a haber mucho trabajo. Verano. Sábado. Ya*
sabes.

Noel levanta una ceja.

–*Podemos ir a las carreras hacia las seis.*

Eddie piensa en Marguerite. Siempre piensa en
ella cuando Noel menciona las carreras de caballos.

–*Vamos. Es tu cumpleaños —dice su amigo.*

Eddie clava el tenedor en los huevos, ahora ya de-
masiado fríos para molestarse por ello.

–*Muy bien —dice.*

LA TERCERA LECCIÓN

–¿Era tan desagradable el parque? —preguntó la anciana.

–No lo elegí yo —dijo Eddie soltando un suspiro. Mi madre necesitaba ayuda. Una cosa lleva a la otra. Pasaron los años. Nunca lo dejé. Nunca viví en otro sitio. Nunca gané dinero de verdad. Ya sabe como es eso... Uno se acostumbra a algo, la gente confía en ti, un día te despiertas y no puedes distinguir el martes del jueves. Sólo haces el mismo trabajo aburrido, eres "el de los juegos", exactamente igual que...

–¿Tu padre?

Eddie no dijo nada.

–Fue duro contigo —dijo la anciana.

Eddie bajó la vista.

–Sí. ¿Y qué?

–Quizá tú también fuiste duro con él.

–Lo dudo. ¿Sabe la última vez que habló conmigo?

–La última vez que trató de pegarte.

Eddie se giró para mirarla.

–¿Y sabe lo último que me dijo?: "¡Consigue trabajo!". Vaya padre, ¿eh?

La anciana frunció los labios.

–Empezaste a trabajar después de eso. Te recuperaste.

Eddie se notó presa de la furia.

–Oiga —soltó—, usted no sabe cómo era.

–Es cierto —la anciana se levantó—, pero sé algo que tú no sabes. Y es hora de que te lo enseñe.

🦜

Ruby trazó un círculo en la nieve con la punta de su sombrilla. Cuando Eddie miró el interior del círculo, tuvo la sensación de que los ojos se le salían de las órbitas y se movían por su propia cuenta, hundiéndose en un agujero y llevándolo a otro momento. Las imágenes cada vez eran más vívidas. Aquello fue hacía años, en el antiguo departamento. Veía lo de delante y lo de detrás, lo de arriba y lo de abajo.

Esto fue lo que vio:

Vio a su madre, que parecía preocupada, sentada a la mesa de la cocina. Vio a Mickey Shea sentado frente a ella. Tenía un aspecto espantoso. Estaba empapado y no dejaba de pasarse las manos por la frente y la nariz. Empezó a sollozar. La madre de Eddie le trajo un vaso de agua. Luego le hizo un gesto de que esperase, se dirigió al dormitorio y cerró la puerta. Se quitó los zapatos y el vestido de andar por casa. Sacó una blusa y una falda.

Eddie veía todas las habitaciones, pero no podía oir lo que estaban diciendo los dos; sólo percibía un ruido poco nítido. Vio a Mickey en la cocina; ignoró el vaso de agua, sacó un frasco del saco y dio un trago. Luego, lentamente, se levantó y fue titubeante hasta el dormitorio. Abrió la puerta.

Eddie vio a su madre, a medio vestir, que se volteaba sorprendida. Mickey se tambaleaba. Ella se arrebujó en la bata. Mickey se acercó más. La mano de ella salió disparada instintivamente para impedir que siguiera avanzando. Él quedó paralizado, pero sólo un instante, luego agarró a la madre de Eddie por la mano y la empujó contra la pared. A continuación se apretó contra ella mientras la agarraba por la cintura. Ella se retorció y luego gritó y empujó a Mickey por el pecho a la vez que trataba de sujetarse la bata. Él era más grande y más fuerte, y enterró su cara sin rasurar debajo de la mejilla de ella, llenándole el cuello de lágrimas.

Entonces se abrió la puerta principal y entró el padre de Eddie, mojado por la lluvia, con un martillo colgándole del cinturón. Fue corriendo hacia el dormitorio y vio a Mickey sujetando a su mujer. El padre de Eddie soltó un alarido. Levantó el martillo. Mickey se llevó las manos a la cabeza y salió disparado hacia la puerta, echando a un lado al padre de Eddie. La madre lloraba, el pecho le subía y le bajaba, tenía la cara llena de lágrimas. Su marido la agarró por los hombros y la sacudió con violencia. La bata de ella cayó. Los dos gritaron. Entonces el padre de Eddie se fue del departamento, destrozando una lámpara con el martillo mientras salía. Bajó haciendo ruido por la escalera y salió corriendo a la noche lluviosa.

—¿Qué era eso? —gritó Eddie incrédulo. ¿Qué demonios era eso?

La anciana guardó silencio. Se puso a un lado del círculo en la nieve y trazó otro. Eddie trató de no mirar, pero no lo pudo evitar. De nuevo se sintió caer, y sus ojos se dirigieron hacia una nueva escena.

Esto fue lo que vio:

Vio un temporal en el extremo más alejado del Ruby Pier —la "punta norte", lo llamaban—, un estrecho malecón que penetraba en el oceano. El cielo era de un negro azulado. Caían cortinas de lluvia. Mickey Shea avanzaba dando tumbos hacia el borde del malecón. Cayó al suelo jadeando. Se quedó allí un momento, de cara al cielo oscuro, luego rodó a un lado, por debajo de la barandilla de madera. Cayó al mar.

El padre de Eddie apareció momentos después, balanceándose, con el martillo todavía en la mano. Se agarró a la barandilla y buscó entre las olas. La lluvia golpeaba de lado por el viento. Tenía la ropa empapada y el cinturón de cuero para las herramientas estaba casi negro debido al agua. Vio algo entre las olas. Se detuvo, se quitó el cinturón y luego un zapato, después trató de quitarse el otro, pero renunció a ello, se agachó por debajo de la barandilla y saltó. Chapoteó torpemente en el agitado oceano.

Mickey subía y bajaba en el insistente oleaje del mar, medio inconsciente, con un espeso líquido amarillo saliéndole de la boca. El padre de Eddie nadó hacia él gritándole en medio del temporal. Agarró a Mickey. Éste se balanceaba. El padre de Eddie también se balanceaba. Desde los cielos se oyó un trueno mientras seguía lloviendo a cántaros. Los dos hombres se agarraron y fueron agitados por los violentos golpes de mar.

Mickey tosía con fuerza mientras el padre de Eddie lo agarró por el brazo y luego lo sujetó por el hombro. Se hundió, volvió a salir, hizo fuerza con su peso contra el cuerpo de Mickey y empezó a nadar hacia la orilla. Nadaba moviendo sólo las piernas. Avanzaban. Una ola los mandó hacia atrás. Luego nuevamente hacia delante. El oceano rompía y se estrellaba contra ellos, pero el padre de Eddie seguía con el cuello metido debajo del sobaco de Mickey, moviendo las piernas con todas sus fuerzas mientras no dejaba de parpadear para aclararse la vista.

Impulsados por una ola, avanzaron repentinamente en dirección a la costa. Mickey se quejaba y daba boqueadas. El padre de Eddie escupió agua salada. Parecía que aquello no iba a acabar nunca, la lluvia caía con fuerza, la espuma blanca los golpeaba en la cara y los dos hombres gruñían y batían los brazos. Finalmente, una ola alta y rizada los levantó y los depositó en la arena. El padre de Eddie rodó desde debajo de Mickey y pudo sacar sus manos de debajo de los brazos de éste e impedir que fuera arrastrado por la resaca. Cuando las olas se retiraron, tiró de Mickey haciendo el último esfuerzo. Luego se derrumbó en la orilla, con la boca abierta, que se le llenó de arena mojada.

⁊

Eddie volvió a ver ahora de nuevo su cuerpo. Se sentía exhausto, acabado, como si él mismo hubiera estado en el oceano. Le pesaba la cabeza. Ahora le parecía que no sabía casi nada de su padre.

–¿Qué estaba haciendo? —susurró Eddie.

–Salvando a un amigo —dijo Ruby.

Eddie la miró enojado.

–Valiente amigo. Si yo hubiera sabido lo que hizo, hubiera dejado ahogarse a aquel borracho.

–Tu padre también pensó en eso —dijo la anciana. Perseguía a Mickey para pegarle, incluso para matarlo. Pero al final no pudo hacerlo. Sabía cómo era Mickey. Conocía sus defectos. Sabía que bebía mucho. Sabía que perdía la cabeza.

"Pero muchos años antes, cuando tu padre andaba buscando trabajo, Mickey fue a ver al dueño del parque y respondió por tu padre. Y cuando naciste tú, fue Mickey el que les dejó a tus padres el poco dinero que tenía, para ayudarlos a alimentar al nuevo miembro de la familia. Tu padre se tomaba muy en serio a los viejos amigos...

–Un momento, señora mía —dijo Eddie. ¿Acaso no vio usted lo que ese bastardo le estaba haciendo a mi madre?

–Lo vi —dijo la anciana triste. Estuvo mal. Pero las cosas no siempre son lo que parecen.

"A Mickey lo habían despedido aquella tarde. Se quedó dormido durante otra guardia, estaba demasiado borracho y sus jefes le dijeron que ya era suficiente. Él se consolaba como hacía siempre con las malas noticias, bebiendo más, y estaba hasta arriba de bourbon cuando fue a ver a tu madre. Fue a suplicar ayuda. Quería que lo volvieran a admitir en el trabajo. Tu padre trabajaba hasta tarde y tu madre pensó en acompañar a Mickey a verlo.

"Mickey era un bruto, pero no era malo. En aquel momento estaba perdido, iba a la deriva, y lo que hizo fue culpa de la soledad y de la desesperación. Obró con violencia. Un mal impulso. Tu padre también obró impetuosamente, y aunque su primer pensamiento fue matar, finalmente se sintió impulsado a ayudar a su amigo a que siguiera vivo."

Ruby cruzó las manos encima del extremo de la sombrilla.

–Así fue como se puso enfermo, por supuesto. Quedó allí tumbado en la arena durante horas, empapado y exhausto, antes de tener fuerzas para volver a casa. Tu padre ya no era joven. Tenía más de cincuenta años.

–Cincuenta y seis —dijo Eddie inexpresivamente.

–Cincuenta y seis —repitió la anciana. Su cuerpo ya no era fuerte, el oceano lo volvió más vulnerable, la neumonía hizo presa de él, y cuando le llegó su hora, murió.

–Por culpa de Mickey —dijo Eddie.

–No, debido a su lealtad —dijo ella.

–La gente no muere por lealtad.

–¿No? —ella sonrió. ¿Y la religión? ¿Y el gobierno? ¿No les guardamos lealtad, a veces hasta la muerte?

Eddie se encogió de hombros.

–Mejor aún es —dijo ella— ser leales unos con otros.

Después de eso, los dos se quedaron en el nevado valle de la montaña durante mucho tiempo. Al menos a Eddie le pareció mucho tiempo. Ya no estaba seguro de cómo tomarse las cosas.

–¿Qué le pasó a Mickey Shea? —dijo Eddie.

–Murió, solo, unos cuantos años después —dijo la anciana. La bebida lo llevó a la tumba. Nunca se perdonó lo que había pasado.

–Pero mi padre —dijo Eddie rascándose la frente— nunca dijo nada.

–Nunca habló de aquella noche ni a tu madre ni a nadie. Estaba avergonzado por ella, por Mickey y por sí mismo. En el hospital dejó de hablar por completo. El silencio era su manera de huir, pero el silencio raramente constituye un refugio. Sus pensamientos lo seguían atormentando.

"Una noche empezó a respirar más débilmente, se le cerraron los ojos y ya no pudo despertar. Los médicos dijeron que había entrado en coma."

Eddie recordaba aquella noche. Otra llamada telefónica al señor Nathanson. Otra llamada a su puerta.

–Después de eso, tu madre se quedaba a su lado. Noche y día. Murmuraba como si estuviera rezando: "Debí haber hecho algo. Debí haber hecho algo...".

"Por fin, una noche, obligada por los médicos, fue a casa a dormir. A primera hora de la mañana siguiente, una enfermera encontró a tu padre caído sobre el alféizar de la ventana."

–Espere —dijo Eddie. Entrecerró los ojos—, ¿la ventana?

Ruby asintió con la cabeza.

–En algún momento de la noche, tu padre se despertó. Se levantó de la cama, atravesó titubeante la habitación y encontró fuerzas para levantar la hoja de la ventana. Llamó a tu madre con aquella poca voz que le quedaba, y también te llamó a ti y a tu hermano Joe. Y llamó a Mickey. En aquel momento, al parecer, tenía el corazón rebosante de culpa y pesar. Quizá notaba que se acercaba la luz de la muerte. Quizá se daba cuenta de que estaban allí fuera, en alguna de las calles de debajo de la ventana. La noche era muy fría. El viento y la humedad, en su estado, fueron suficiente. Estaba muerto antes de amanecer.

"Las enfermeras que lo encontraron lo llevaron de vuelta a la cama, y como temían por su trabajo, no dijeron ni una palabra de lo sucedido. Se dijo que había muerto mientras dormía."

Eddie quedó aturdido. Pensaba en aquella imagen final. Su padre, el viejo resistente, tratando de trepar a una ventana. ¿Adónde quería ir? ¿En qué estaba pensando? ¿Qué era peor cuando quedaba sin explicar, una vida o una muerte?

☜❡

–¿Cómo sabe usted todo esto? —preguntó Eddie a Ruby.

Ella suspiró.

–Tu padre no tenía dinero para una habitación individual en el hospital, y lo mismo le pasaba al hombre del otro lado de la cortina.

Hizo una pausa.

–Emile. Mi marido.

Eddie alzó la vista. Echó la cabeza atrás como si acabara de resolver un rompecabezas.

–Entonces usted vio a mi padre.

–Sí.

–Y a mi madre.

–La oía murmurar aquellas noches tan solitarias. Nunca hablamos. Pero después de la muerte de tu padre, le pregunté por su familia. Cuando me enteré dónde había trabajado él, sentí un dolor muy agudo, como si hubiera perdido a un ser muy querido. El parque que llevaba mi nombre. Noté su condenada sombra y volví a desear que nunca lo hubieran construido.

"Ese deseo me siguió al cielo, incluso mientras te esperaba."

Eddie parecía confuso.

–¿El restaurante? —dijo ella. Señaló el punto de luz en las montañas. Está ahí porque yo quería volver a mi juventud. Una vida sencilla pero segura. Y quería que todos los que alguna vez habían sufrido en el Ruby Pier (por accidentes, incendios, peleas, resbalones y caídas) estuvieran sanos y salvos. Quería que todos estuvieran como yo quería que estuviese mi Emile: a resguardo, bien alimentados, en un sitio agradable, lejos del mar.

Ruby se puso de pie y Eddie la imitó. No podía dejar de pensar en la muerte de su padre.

–Lo odiaba —murmuró.

La anciana asintió con la cabeza.

–Fue un demonio conmigo cuando yo era niño. Y cuando me hice mayor fue peor.

Ruby avanzó hacia él.

–Edward —dijo suavemente. Era la primera vez que lo llamaba por su nombre—, préstame atención. Contener el odio hace que éste se convierta en un veneno. Te corroe por dentro. Creemos que el odio es un arma que ataca a la persona que nos hace daño, pero el odio es una espada de doble filo. Y el daño que hacemos, nos lo hacemos a nosotros mismos.

"Perdona, Edward. Perdona. ¿Te acuerdas de la ligereza que sentiste recién llegado al cielo?"

Eddie se acordaba. *¿Dónde está mi dolor?*

–Eso es porque nadie nace con odio. Y cuando morimos, el alma se libera de él. Pero ahora, aquí, para poder seguir adelante, debes entender por qué sentiste lo que sentiste y por qué ya no necesitas sentirlo.

Le tocó la mano.

–Tienes que perdonar a tu padre.

Eddie pensó en los años siguientes al entierro de su padre. En cómo él nunca consiguió nada, nunca fue a ninguna parte. Durante todo aquel tiempo, Eddie había imaginado una determinada vida que "podría haber tenido" si no hubiese sido por la muerte de su padre y el posterior hundimiento de

su madre. Con los años, glorificó aquella vida ima-
ginaria e hizo a su padre responsable de todas sus
carencias: la falta de libertad, la falta de una carrera, la falta de esperanza. Nunca consiguió abando-
nar el sucio y aburrido trabajo que le había dejado
su padre.

–Cuando murió —dijo Eddie—, se llevó parte de mí con él. Me quedé paralizado después de eso.

Ruby negó con la cabeza.

–Tu padre no es el responsable de que nunca te hayas ido del parque.

Eddie alzó la vista.

–Entonces ¿quién lo es?

Ella se alisó la falda. Se ajustó los lentes. Empezó a alejarse.

–Todavía hay dos personas que debes conocer —dijo.

Eddie trató de decir: "Espere", pero un viento gélido le arrebató la voz de la garganta. Luego
todo se volvió negro.

Ruby se había ido. Él había vuelto a la montaña, al
exterior del restaurante, donde estaba parado en la
nieve.

Estuvo allí de pie mucho tiempo, solo, en silencio, hasta que se dio cuenta de que la anciana no
volvía. Entonces se dirigió a la puerta y la abrió
empujándola lentamente. Oyó el sonido de cubier-

tos y de platos que estaban amontonando. Olió a comida recién hecha; a pan, carne y salsas. Los espíritus de los que habían fallecido en el parque estaban todos allí, relacionándose unos con otros, comiendo, bebiendo y hablando.

Eddie avanzó vacilante, sabiendo lo que debía hacer. Dobló a su derecha, hacia la mesa del rincón, hacia el espíritu de su padre, que fumaba un puro. Notó un estremecimiento. Pensó en el viejo caído sobre el alféizar de la ventana del hospital, que había muerto solo en plena noche.

–Padre —susurró Eddie.

Su padre no podía oírlo. Eddie se acercó más.

–Papá. Ya sé lo que pasó.

Sintió un ahogo en el pecho. Se puso de rodillas junto a la mesa. Su padre estaba tan cerca que Eddie podía verle las patillas y el extremo mordisqueado de su puro. Vio las bolsas que tenía debajo de los cansados ojos, la nariz curvada, los nudillos huesudos y los hombros cuadrados, propios de un obrero. Miró sus propios brazos y se dio cuenta, con su cuerpo terrenal, que ahora él era más viejo que su padre. Le había sobrevivido en todos los sentidos.

–Estaba enojado contigo, papá. Te odiaba.

Eddie notó que le brotaban lágrimas. Notó un temblor en el pecho. Algo estaba fluyendo de él.

–Me pegaste. Me hiciste callar. Yo no lo entendía. Todavía no lo entiendo. ¿Por qué hiciste eso?

¿Por qué? —respiró con dolor. No lo sabía, ¿entiendes? No sabía qué te pasó en la vida. No te conocía. Pero eres mi padre. Y ahora quiero olvidarlo todo. ¿De acuerdo? ¿Podemos olvidar los dos, papá?

La voz le temblaba y acabó convirtiéndose en un grito agudo. Ya no era la suya.

—¿Muy bien? ¿Me oyes? —gritó. Luego repitió, más bajo—: ¿Me oyes, papá?

Se acercó más. Vio las manos sucias de su padre. Dijo las últimas palabras tan conocidas en un susurro:

—Ya está arreglado.

Eddie dio un puñetazo en la mesa y después se desplomó en el suelo. Cuando alzó la vista, vio a Ruby de pie, joven y hermosa. Luego ella bajó la cabeza, abrió la puerta y se elevó en el cielo de color jade.

Jueves, 11:00 horas

    ¿Quién pagaría el funeral de Eddie? No tenía parientes. No había dejado instrucciones. Su cuerpo permaneció en el depósito de cadáveres de la ciudad, lo mismo que su ropa y sus efectos personales, camisa de trabajo, calcetines, zapatos, gorra de tela, anillo de boda, cigarros y limpiapipas; todo esperando que lo reclamasen.

    Al final, el señor Bullock, el dueño del parque, liquidó la factura utilizando el dinero de un cheque que Eddie ya no podía cobrar.

    El ataúd fue una caja de madera y la iglesia se eligió por su ubicación, la más cercana al parque, pues muchos de los asistentes tenían que regresar al trabajo.

    Unos minutos antes de la ceremonia el pastor pidió a Domínguez, que llevaba un saco deportivo azul marino y sus pantalones de mezclilla negros más nuevos, que pasara a su despacho.

    –¿Podría contarme algunas de las cualidades del fallecido? —preguntó el pastor. Tengo entendido que usted trabajaba con él.

    Domínguez tragó saliva. Nunca se sentía demasiado cómodo con los curas. Cruzó los dedos nerviosamente, como para alejar un maleficio, y habló en voz baja, tal como creía que debía hablarse en una situación así.

–Eddie —dijo finalmente— quería mucho a su mujer.

Descruzó los dedos y luego añadió con rapidez:

–Yo, naturalmente, nunca la conocí.

LA CUARTA PERSONA
QUE EDDIE ENCUENTRA EN EL CIELO

Eddie parpadeó y se vio en una pequeña habitación redonda. Las montañas habían desaparecido y lo mismo el cielo de color jade. Un techo bajo de yeso casi le tocaba la cabeza. La habitación era café —tan sencilla como papel de embalar— y estaba vacía, a excepción de un taburete de madera y un espejo oval que colgaba de la pared.

Eddie se colocó delante del espejo. No vio su reflejo, sólo la habitación al revés, una habitación que se amplió repentinamente para incluir una hilera de puertas. Eddie se dio la vuelta.

Luego tosió.

El sonido lo sobresaltó, como si procediera de otra persona. Volvió a toser; una tos dura, cavernosa, como si hubiera cosas dentro de su pecho que necesitaran un arreglo.

"¿Cuándo empezó esto?", pensó Eddie. Se tocó la piel, que había envejecido desde que estuvo con Ruby. Ahora se notaba más delgado y más seco. La parte central de su cuerpo, que cuando estuvo con el capitán había notado tensa como una liga estirada, estaba flácida y con llantitas; los colgajos de la edad.

"Todavía hay dos personas que debes conocer", había dicho Ruby. ¿Y luego qué? Le dolía sordamente la espalda. Su pierna mala se estaba poniendo más tiesa. Se dio cuenta de lo que estaba pasando, de lo que pasaba en cada nuevo nivel del cielo. Se estaba descomponiendo.

❓

Se acercó a una de las puertas y la empujó para abrirla. De pronto estaba en el patio de una casa que nunca había visto, en un lugar que no reconocía, en medio de lo que parecía una boda. Los invitados, que llevaban platos de plata, ocupaban todo el jardín. En un extremo había una arcada cubierta de flores rojas y ramas de abedul, y en el otro, cerca de Eddie, estaba la puerta que había franqueado. La novia, joven y guapa, se encontraba en el centro del grupo, quitándose una horquilla de su pelo de color mantequilla. El novio era desgarbado. Llevaba un jaquette negro y blandía una espada, en cuya empuñadura había un anillo. La bajó hasta que estuvo al alcance de la novia y los invitados gritaron de alegría cuando ella lo agarró. Eddie oyó sus voces, pero el idioma era desconocido. ¿Alemán? ¿Sueco?

Volvió a toser. Los del grupo alzaron la vista. Todos parecían sonreir, y las sonrisas asustaron a Eddie. Reculó rápidamente y salió por la puerta por la que había entrado, pensando que volvería a la habitación redonda. Pero en lugar de eso, se encontró en medio de otra boda, está vez bajo techo, en un amplio salón donde la gente parecía española y la novia llevaba flores de azahar en el pelo. Bailaba con una pareja tras otra, y cada invitado le entregaba un saquito de monedas.

Eddie volvió a toser —no lo pudo evitar—, y cuando varios de los invitados alzaron la vista, salió por la puerta y se encontró en una boda diferente, que esta vez le pareció africana. En ella, los familiares vertían vino por el suelo y la pareja de novios se tomaba de la mano y saltaba por encima de una escoba. Después de salir nuevamente por la puerta, se vio en medio de una boda china, donde se encendían cohetes ante los asistentes que gritaban encantados. Luego otra puerta le permitió asistir a otra boda, ¿francesa quizá?, donde los novios bebían juntos de una taza con dos asas.

"¿Cuánto va a durar esto?", pensó Eddie. En ninguna boda había señales de cómo había llegado la gente; ni coches, ni autobuses, ni carretas, ni caballos. No parecía que se planteara la cuestión de la marcha. Los invitados se apiñaban y Eddie se integraba como si fuera uno de ellos; le sonreían pero no le hablaban, algo muy parecido a lo que pasaba en las bodas a las que había asistido en la Tierra. Prefería que fuera así. Las bodas, pensaba Eddie, estaban llenas de excesivos momentos embarazosos, como cuando a las parejas les piden que se unan al baile o ayuden a subir a la novia a una silla. Su pierna mala parecía que le brillaba en aquellos momentos, y tenía la impresión de que la gente la podía ver desde el otro lado de la habitación.

Debido a eso, Eddie evitaba la mayoría de las bodas, y cuando iba, por lo general se quedaba en el estacionamiento fumando un cigarro, dejando pasar las horas. En cualquier caso, durante mucho tiempo no tuvo bodas a las que asistir. Sólo en los años finales de su vida, cuando algunos de sus compañeros jóvenes del parque se casaban, se encontraba sacando el descolorido traje del armario y poniéndose la camisa de cuello duro que le apretaba. Por entonces, los huesos fracturados de su pierna estaban deformes. La artritis afectaba su rodilla. Cojeaba mucho y por eso se le permitía no participar ni en los bailes ni en la operación de encender las velas. Lo consideraban un "viejo" solitario, independiente, y nadie esperaba de él mucho más, aparte de que sonriera cuando el fotógrafo se acercara a la mesa.

Aquí, ahora, con su uniforme de operario de mantenimiento, se trasladaba de una boda a otra, de un idioma, un pastel y un tipo de música a otro idioma, otro pastel y otro tipo de música. La uniformidad no sorprendía a Eddie. Pensó que una boda aquí no tenía por qué ser muy diferente de una boda allá. Lo que no entendía era qué tenía que ver aquello con él.

Cruzó el umbral una vez más y se encontró en lo que parecía ser un pueblecito italiano. Había viñedos en las laderas y granjas de piedra travertina. Muchos de los hombres tenían el pelo espeso y oscuro peinado hacia atrás y recién mojado. Las mujeres tenían ojos oscuros y rasgos marcados. Eddie encontró sitio junto a una pared, y observó a la novia y al novio que cortaban un tronco por la mitad con una sierra de doble mango. Sonaba música —flautistas, violinistas y guitarristas—, y los invitados empezaron a bailar la tarantela a un ritmo enloquecido, girando sin parar. Eddie dio unos pasos atrás. Su mirada se perdió en la multitud.

Una dama de la novia, con un vestido largo de color lavanda y un elegante sombrero de paja, se movía entre los invitados con una cesta de almendras garapiñadas. Desde lejos, parecía tener veintitantos años.

–Per l'amaro e il dolce? —decía ofreciendo las almendras. Per l'amaro e il dolce? Per l'amaro e il dolce?

Ante el sonido de su voz, el cuerpo entero de Eddie se sobresaltó. Empezó a sudar. Algo le decía que corriese, pero otra cosa le clavaba los pies al suelo. Ella se acercaba. Sus ojos lo encontraron desde debajo del ala de su sombrero, que estaba coronado con flores de papel.

–Per l'amaro e il dolce? —dijo sonriendo y le ofreció las almendras. ¿Para lo amargo y lo dulce?

Un mechón de pelo negro le caía sobre un ojo. Eddie sintió que el pecho le estallaba. Le costó separar sus labios y el sonido de su voz tardó en salir del fondo de su garganta, pero finalmente logró pronunciar la primera letra del único nombre que alguna vez le había hecho sentir aquello. Cayó de rodillas.

–Marguerite... —susurró.

–Para lo amargo y lo dulce —dijo ella.

EL CUMPLEAÑOS DE EDDIE ES HOY

Eddie y su hermano están sentados dentro del taller de mantenimiento.

—Éste —dice orgullosamente Joe, con un taladro en la mano— es el último modelo.

Joe lleva un saco deportivo a cuadros y zapatos de color blanco y negro. Eddie piensa que su hermano tiene un aspecto demasiado fino —y fino significa falso—, pero ahora Joe es un vendedor de una empresa de herramientas y Eddie lleva años con la misma ropa, de modo que quién sabe.

—Sí, señor —dice Joe—, y fíjate en esto. Funciona con esta pila.

Eddie sujeta la pila entre los dedos, una cosa pequeña que se llama níquel cadmio. Difícil de creer.

—Ponlo en marcha —dice Joe tendiéndole el taladro.

Eddie aprieta el gatillo. Empieza a hacer ruido.

—Está bien, ¿eh? —grita Joe.

Aquella mañana Joe le ha dicho a Eddie su nuevo sueldo. Era tres veces lo que él ganaba. Luego Joe felicitó a Eddie por su ascenso: jefe de mantenimiento del Ruby Pier, el antiguo cargo de su padre. Eddie hubiera querido responder: "Si es tan maravilloso, ¿por qué no lo tomas tú y yo me quedo con el tuyo?". Pero no lo hizo. Eddie nunca decía nada que sintiera tan profundamente.

–Hooolaaa. ¿Hay alguien?

Marguerite está en la puerta, con un rollo de entradas de color naranja en la mano. La mirada de Eddie se dirige, como siempre, al rostro de ella, su piel aceitunada, sus oscuros ojos color café. Este verano ella trabaja en la taquilla y lleva el uniforme oficial del Ruby Pier: camisa blanca, chaleco rojo, pantalones negros, una boina roja y su nombre en una plaquita colocada por debajo de la clavícula. Verla vestida así le molesta, en especial delante de su hermano, el triunfador.

–Enséñale el taladro —dice Joe, y volteándose hacia Marguerite añade—: funciona con pilas.

Eddie lo acciona. Marguerite se tapa los oídos.

–Hace más ruido que tus ronquidos —dice.

–¡Vaya! —grita Joe riendo—, ¡vaya! ¡Te tiene medido!

Eddie baja la vista avergonzado, luego ve que su mujer sonríe.

–¿Puedes salir un momento? —le dice.

Eddie le muestra el taladro.

–Tengo trabajo aquí.

–Sólo un momento, ¿de acuerdo?

Eddie se levanta lentamente y la sigue afuera. El sol le da en la cara.

—¡Cumpleaños feeeliz, señor Eddie! —exclama un grupo de niños al unísono.

—Bien, lo tendré —dice Eddie.

Marguerite grita:

—Muy bien, niños, ¡a poner las velas en el pastel!

Los niños corren en dirección a un pastel de crema que está encima de una mesa plegable cercana. Marguerite se inclina hacia Eddie y susurra:

—Les prometí que apagarías las treinta y ocho de una sola vez.

Eddie se suena. Ve cómo su esposa organiza el grupo. Como siempre, le encanta ver con qué facilidad Marguerite se relaciona con los niños y le entristece su incapacidad para tenerlos. Un médico dijo que era demasiado nerviosa. Otro dijo que había esperado demasiado, que debería haberlos tenido a los veinticinco años. Con el tiempo, se quedaron sin dinero para médicos. Eso era lo que había.

Marguerite llevaba casi un año hablando de adoptar uno. Fue a la biblioteca. Trajo documentos a casa. Eddie dijo que ya eran demasiado mayores.

—¿Qué es ser demasiado mayor para un niño? —contestó ella.

Eddie dijo que pensaría en ello.

—Muy bien —gritó ella al lado del pastel. ¡Vamos, señor Eddie! ¡Apágalas! Oh, espera, espera... —buscó en su bolsa y sacó una cámara fotográfica, un artefacto complicado con varillas, lengüetas y un flash.

–Charlene me la prestó. Es una Polaroid.

Marguerite encuadra la imagen, Eddie junto al pastel y los niños apretujándose en torno a él, admirando las treinta y ocho llamitas. Un niño da un golpecito a Eddie y dice:

–Apáguelas todas, ¿de acuerdo?

Eddie mira hacia abajo. El azúcar glaseado tiene incontables señales de manitas.

–Lo haré —dice mirando a su mujer.

Eddie miró fijamente a la joven Marguerite.

–No eres tú —dijo.

Ella dejó la cesta con almendras. Sonrió tristemente. Los invitados seguían bailando la tarantela a sus espaldas, mientras el sol se apagaba detrás de un jirón de nubes blancas.

–No eres tú —dijo Eddie, otra vez.

Los que bailaban gritaron alegres algo a coro. Tocaban panderetas.

Ella le ofreció la mano. Eddie estiró la suya instintivamente, como si fuera a tomar un objeto que había caído. Cuando sus dedos se encontraron, experimentó una sensación desconocida, como si sobre su propia carne se formara carne, suave, cálida y que casi le hacía cosquillas. Ella se arrodilló junto a él.

–No eres tú —dijo Eddie.

–Soy yo —susurró ella.

–No eres tú, no eres tú, no eres tú —murmuró Eddie, mientras dejaba caer la cabeza sobre el hombro de ella y, por primera vez desde su muerte, empezó a llorar.

Se habían casado un día de nochebuena en el segundo piso de un restaurante chino mal iluminado que se llamaba Sammy Hong's. El dueño, Sammy, aceptó alquilarlo por aquella noche, ya que imaginó que tendría pocos clientes. Eddie gastó el dinero que le quedaba del ejército en la fiesta —pollo asado y verduras chinas, vino de Oporto y un hombre con un acordeón. Las sillas de la ceremonia se necesitaban para la cena, de modo que, una vez que se hicieron las promesas, los meseros pidieron a los invitados que se levantaran para llevar las sillas a las mesas del piso de abajo. El acordeonista se sentó en un taburete. Años más tarde, Marguerite haría bromas acerca de que lo único que faltó en su boda "fueron los cartones del bingo".

Cuando terminaron de cenar y recibieron algunos pequeños regalos, brindaron por última vez y el acordeonista guardó su instrumento. Eddie y Marguerite salieron por la puerta principal. Llovía ligeramente, una lluvia gélida, pero el novio y la novia fueron andando solos a casa, pues estaba a unas pocas manzanas de distancia. Marguerite llevaba su vestido de novia debajo de un grueso suéter rosa. Eddie vestía un traje blanco y una camisa que le apretaba el cuello. Iban tomados de la mano. Avanzaron entre charcos de luces de la calle. A su alrededor todo parecía absolutamente callado.

🔁

La gente dice que "encuentra" el amor, como si fuera un objeto escondido bajo una piedra. Pero el amor adopta muchas formas y nunca es igual para todos los hombres y mujeres. Lo que la gente encuentra es un determinado amor. Y Eddie encontró un determinado amor con Marguerite, un amor agradecido, un amor profundo pero sosegado, un amor que él sabía que, por encima de todo, era irremplazable. Una vez que ella se hubo ido, dejó que fueran pasando los días, él dejó que su corazón durmiera.

Ahora ella estaba aquí de nuevo, tan joven como el día que se casaron.

–Ven a pasear conmigo —dijo ella.

Eddie intentó levantarse, pero su rodilla mala le falló. Ella lo levantó sin esfuerzo.

–Tu pierna —dijo mirando la cicatriz con una tierna familiaridad. Luego alzó la vista y le tocó los mechones de pelo de encima de las orejas.

–Es blanco —dijo sonriendo.

Eddie no conseguía mover la lengua. No podía hacer mucho más que mirar. Ella era exactamente como la recordaba; más guapa, en realidad, pues sus recuerdos finales de ella habían sido los de una mujer mayor que sufría. Se puso a su lado, callado, hasta que los ojos de ella se entrecerraron y los labios se le fruncieron traviesamente.

–Eddie —casi se reía—, ¿has olvidado tan rápido cómo era?

Eddie tragó saliva.

–Eso nunca lo olvidé.

Ella le tocó la cara levemente y a él se le extendió el calor por el cuerpo. Marguerite hizo un gesto en dirección al pueblecito y los invitados que bailaban.

–Todo son bodas —dijo muy contenta. Eso fue lo que elegí. Un mundo de bodas detrás de cada puerta. Oh, Eddie, nunca cambian, cuando el novio levanta el velo, cuando la novia recibe el anillo, las esperanzas que les asoman a los ojos son iguales en todo el mundo. Creen de verdad que su amor y su matrimonio van a batir todos los récords.

Sonrió.

–¿Tú crees que nosotros lo conseguimos?

Eddie no supo qué responder.

–Tuvimos un acordeonista —dijo.

Salieron de la fiesta y subieron por un sendero de grava. La música se confundió con los ruidos de fondo. Eddie quería contarle todo lo que había visto, todo lo que había pasado. Quería preguntarle sobre

todas las cosas sin importancia y también sobre todas las importantes. Notaba una agitación interior,
una ansiedad que se detenía y volvía a surgir. No
tenía idea de por dónde empezar.

–¿A ti también te ocurrió lo mismo? —dijo
finalmente. ¿Te encontraste con cinco personas?

Ella asintió con la cabeza.

–Cinco personas diferentes —dijo él.

Ella volvió a asentir con la cabeza.

–¿Y te lo explicaron todo? ¿Y eso fue importante?

Ella sonrió.

–Muy importante —le tocó la barbilla—, y
luego te esperé.

Él examinó atentamente los ojos de ella. Su
sonrisa. Se preguntó si su espera habría sido como
la de él.

–¿Cuánto sabes... de mí? Quiero decir, ¿cuánto sabes desde...?

Todavía tenía problemas para decirlo.

–Desde que moriste.

Ella se quitó el sombrero de paja y se apartó
los rizos espesos, jóvenes, de la frente.

–Verás, yo sé todo lo que pasó cuando estábamos juntos...

Frunció los labios.

–Y ahora sé por qué pasó...

Se llevó las manos al pecho.

–Y también sé... que me querías mucho.

Lo tomó de la otra mano. Él notó el calor que lo ablandaba.

–No sé cómo moriste —dijo ella.

Eddie pensó durante un momento.

–Tampoco yo estoy seguro —dijo. Había una niña, una niña pequeña, se acercó a aquel juego y tenía problemas...

Los ojos de Marguerite se dilataron. Parecía muy joven. Aquello era más duro de lo que Eddie imaginaba: hablarle a su mujer del día que él murió.

–Tienen esos juegos, ¿sabes?, esos juegos nuevos, nada que ver con los que teníamos antes... Ahora todo va a mil kilómetros por hora. Total, que en aquel juego los carritos bajan a toda velocidad y se supone que los frenos hidráulicos los detienen, para que acaben de bajar lentamente, pero algo partió el cable y un carrito quedó suelto. Todavía me cuesta creerlo, pero el carrito cayó porque yo les dije que lo soltaran... Me refiero a que le dije a Dom, que es el muchacho que ahora trabaja conmigo... No fue culpa suya..., yo se lo dije y luego traté de impedirlo, pero no me oía, y aquella niña estaba sentada justo allí. Yo traté de llegar hasta ella. Traté de salvarla. Toqué sus manitas, pero entonces...

Se interrumpió. Marguerite ladeó la cabeza, animándolo a continuar. Él suspiró.

–No he hablado tanto de esto desde que llegué aquí —dijo.

Ella asintió con la cabeza y sonrió, una sonrisa encantadora, y al verla, los ojos de Eddie empezaron a humedecerse y una oleada de tristeza lo invadió de pronto, así de sencillo, nada de aquello importaba, nada de lo de su muerte o del parque o de la multitud a la que él había gritado: "¡Atrás!". ¿Por qué estaba contando aquello? ¿Qué estaba haciendo? ¿Estaba con ella de verdad? Como un pesar oculto que se alza para apoderarse del corazón, su alma estaba rodeada de antiguas emociones y los labios le empezaron a temblar y fue invadido por la tristeza de todo lo que había perdido. Había estado buscando a su mujer, a su mujer muerta, a su mujer joven, a su mujer añorada, a su única mujer, y no quería buscar más.

–Dios, Dios, Marguerite —susurró. Lo siento tanto. Lo siento tanto. Me es imposible expresarlo. Me es imposible. Imposible.

Dejó caer la cabeza en las manos y finalmente lo dijo, dijo lo que dice todo el mundo:

–Te he echado tanto de menos.

EL CUMPLEAÑOS DE EDDIE ES HOY

El hipódromo está lleno de público; es verano. Las muje-
res llevan sombreros de paja para protegerse del sol y los
hombres fuman puros. Eddie y Noel salen pronto de traba-
jar para apostar por el número del cumpleaños de Eddie,
treinta y nueve, por la Doble Gemela. Se sientan en sillas
plegables de listones. A sus pies hay vasos de plástico de
cerveza entre una alfombra de apuestas desechadas.

Antes Eddie ha ganado en la primera carrera del
día. Apostó la mitad de aquellas ganancias en la segunda
carrera y ganó también; era la primera vez que le pasaba
una cosa así. Eso le proporcionó doscientos dólares. Des-
pués de perder dos veces con apuestas más pequeñas, lo
apuesta todo al caballo ganador en la sexta porque, de
acuerdo con Noel y atendiendo una lógica aplastante, si
llegaron con casi nada, ¿qué más daba si volvían a casa
igual?

—Sólo tienes que pensar en que ganas —le dice
Noel ahora—, tendrás toda esa lana para el niño.

Suena la campana. Los caballos salen. Van en grupo durante la primera recta, sus sedas de colores se emborronan con el movimiento. Eddie ha apostado al número ocho, un caballo que se llama Jersey Finch, lo que no supone muchos riesgos, ni cuatro a uno, pero lo que ha dicho Noel del "niño" —el que Eddie y Marguerite planean adoptar— lo llena de culpabilidad. Podrían haber usado aquel dinero. ¿Por qué hacía este tipo de cosas?

El público se pone de pie. Los caballos se enfilan hacia la última recta. Jersey Finch avanza por el exterior y va a pleno galope. Los gritos se mezclan con el tronar de los cascos. Noel chilla. Eddie aprieta su apuesta. Está más nervioso de lo que quiere estar. La piel se le dilata. Un caballo se adelanta al grupo.

¡Jersey Finch!

Ahora ha ganado casi ochocientos dólares.

–Tengo que llamar a casa —dice.

–Lo echarás a perder —dice Noel.

–¿De qué estás hablando?

–Cuéntaselo a alguien y echarás a perder tu suerte.

–Estás chiflado.

–No lo hagas.

–Voy a llamar a Marguerite. Se pondrá muy contenta.

–No se pondrá muy contenta.

Va cojeando hasta una cabina telefónica y mete una moneda de cinco centavos. Contesta Marguerite. Eddie le cuenta la noticia. Noel tiene razón. Ella no se *pone muy contenta. Le dice que regrese a casa. Él le dice que deje de decirle lo que tiene que hacer.*

—Tenemos un niño en camino —lo riñe ella. No puedes comportarte de ese modo.

Eddie cuelga el teléfono enojado. Vuelve con Noel, que está comiendo cacahuates en la barandilla.

—Déjame que lo adivine —dice Noel.

Van a la ventanilla y apuestan por otro caballo. Eddie se saca el dinero del bolsillo. Una parte de él ya no lo quiere y la otra quiere el doble, para poder arrojar el dinero sobre la cama cuando llegue a casa y decirle a su mujer: "Toma, compra lo que quieras. ¿De acuerdo?".

Noel contempla cómo empuja los billetes por la abertura de la ventanilla. Alza las cejas.

—Ya lo sé, ya lo sé —dice Eddie.

Lo que no sabe es que Marguerite, como no le puede llamar, ha decidido ir en coche al hipódromo para reunirse con él. Ella se siente mal por haberle gritado, es su cumpleaños y quiere disculparse; también quiere que lo deje, pero sabe por otras tardes anteriores que Noel insistirá en que se queden hasta el final; a Noel le gusta jugar. Así que como el hipódromo está a sólo diez minutos, agarra su bolsa y conduce su nash rambler de segunda mano por la avenida Ocean. Dobla a la derecha en la calle Lester. El sol ha desaparecido y el cielo está cambiante. La mayoría de los coches viene en dirección contraria. Ella se acerca al puente elevado de la calle Lester, que solía ser el que la gente usaba para llegar al hipódromo, subiendo los escalones por encima de la calle y volviendo a bajarlos, hasta que los dueños del hipódromo instalaron un semáforo, que dejó el puente elevado, por lo general desierto.

Pero esta tarde no está desierto. Hay en él dos adolescentes que no quieren que los encuentren; dos muchachitos de diecisiete años que, horas antes, han salido corriendo de una tienda después de robar cinco cartones de cigarros y tres botellas de bourbon Old Harper. Ahora, una vez terminado el alcohol y fumados muchos de los cigarros, están aburridos y balancean las botellas vacías por encima del borde de la oxidada barandilla.

−¿Te atreves? —dice uno.

−Claro que me atrevo —dice el otro.

El primero deja caer la botella y los dos se agachan detrás del enrejado metálico a mirar. Casi alcanza un coche y se estrella en el pavimento.

−¡Eh! —grita el segundo. ¿Viste eso?

−Tira la tuya, gallina.

El segundo muchacho se levanta, agarra su botella y elige el tráfico disperso del carril derecho. Balancea la botella mientras busca un espacio entre los vehículos, como si aquello fuera una especie de arte y él fuera una especie de artista.

Abre los dedos. Casi sonríe.

Quince metros por debajo, Marguerite no piensa en mirar hacia arriba, no piensa que pueda pasar nada en aquel puente elevado, no piensa en nada aparte de llevarse a Eddie de aquel hipódromo mientras todavía le quede dinero. Está pensando en qué parte de las gradas mi-

rar, incluso cuando la botella de Old Harper se estrella contra su parabrisas, que se rompe en mil pedazos que salen disparados. El coche vira hacia la barda de cemento que separa los carriles. El cuerpo de Marguerite sale impulsado como el de una muñeca y se estrella contra la puerta, la salpicadera y el volante, recibe un golpe en el hígado y se rompe un brazo. El golpe que se da en la cabeza es tan fuerte que pierde el contacto con los sonidos de la tarde. No oye los chirridos de los neumáticos de los coches. No oye los sonidos de los cláxones. No oye la carrera de unos adolescentes playeros que bajan del puente elevado de la calle Lester y se pierden en la noche.

El amor, como la lluvia, puede vivificar desde arriba, empapando a las parejas de gozo. Pero a veces, bajo el enfurecido calor de la vida, el amor se seca en la superficie y debe vivificarse desde abajo, extendiendo sus raíces, manteniéndose vivo.

El accidente de la calle Lester mandó a Marguerite al hospital. Estuvo obligada a guardar cama durante cerca de seis meses. Su lastimado hígado finalmente se recuperó, pero los gastos y el retraso les costó la adopción. El niño que esperaban fue con otras personas. Los reproches nunca expresados por culpa de lo sucedido jamás encontraron descanso; simplemente pasaban como una sombra entre el marido y la mujer. Marguerite estuvo callada durante mucho tiempo. Eddie se entregó al trabajo. La sombra ocupaba un lugar en la mesa y comía en su presencia, entre el solitario sonido de cubiertos y platos. Cuando hablaban, lo hacían de cosas sin importancia. El agua de su amor estaba oculta debajo de sus raíces. Eddie nunca volvió a apostar a los caballos. Sus encuentros con Noel terminaron gradualmente, pues ninguno de ellos era capaz de hablar mucho a la hora del desayuno sin tener la sensación de que aquello suponía un esfuerzo.

Un parque de diversiones de California presentó los primeros carriles con ruedas tubulares de acero —podían girar en unos ángulos que no se conseguían con madera— y, de pronto, las montañas rusas, que casi se habían perdido en el olvido, volvieron a ponerse de moda. El señor Bullock había encargado un modelo con carriles de acero para el Ruby Pier, y Eddie supervisó la construcción. Dirigió a los instaladores y vigiló todos sus movimientos. No se fiaba de nada que fuera tan rápido. ¿Ángulos de sesenta grados? Estaba seguro de que alguien se haría daño. De todos modos, eso le proporcionó distracción.

La Pista de Baile Polvo de Estrellas se demolió. Lo mismo que el Tren de Engranes y el Túnel del Amor, que ahora los niños encontraban demasiado antiguo. Unos años después se construyó un tobogán acuático y, para sorpresa de Eddie, fue inmensamente popular. Los que se subían flotaban entre chorros de agua y caían, al final, en una gran alberca. Eddie no conseguía entender por qué a la gente le gustaba tanto mojarse en ese juego, cuando el oceano estaba a unos trescientos metros de distancia. Pero se ocupaba de su mantenimiento igual que del de los demás juegos, trabajando descalzo dentro del agua y asegurándose de que los barcos no se salieran de los carriles.

Con el tiempo, marido y mujer empezaron a hablarse de nuevo, y una noche Eddie incluso se refirió a la adopción. Marguerite se pasó la mano por la frente y dijo:

–Ahora somos demasiado mayores.

–¿Y qué es ser demasiado mayor para un niño? —dijo Eddie.

Pasaron los años. Y aunque nunca llegó el niño, su herida se curó lentamente y su compañía mutua aumentó hasta llenar el espacio que habían reservado para otra persona. Por la mañana, ella le preparaba café y un pan tostado, y él la dejaba en su empleo de limpiadora y luego volvía en coche al parque. A veces, por la tarde, ella salía pronto y paseaba con él por la pasarela, siguiendo sus espirales, se montaba en los caballitos del carrusel o en las conchas pintadas de amarillo, mientras Eddie examinaba los rotores y los cables y escuchaba el ruido que hacían los motores.

Una tarde de julio se encontraron paseando junto al oceano. Comían paletas de uva y sus pies descalzos se hundían en la arena mojada. De repente miraron alrededor y se dieron cuenta de que eran los de más edad de la playa.

Marguerite dijo algo sobre los biquinis que

llevaban las jovencitas como traje de baño y sobre cómo ella nunca tendría el valor de ponerse una cosa así. Eddie dijo que las jovencitas tenían suerte porque si ella se lo pusiera, los hombres no mirarían a nadie más. Y aunque por entonces Marguerite ya tenía cuarenta y cinco años, ya las caderas se le habían ensanchado y se le había formado en torno a los ojos una red de pequeñas arrugas, se lo agradeció calurosamente a Eddie y miró la nariz ganchuda y la ancha mandíbula de su marido. Las aguas de su amor caían otra vez desde arriba y los empapaban tanto como el mar que se arremolinaba en torno a sus pies.

Dos años más tarde, ella estaba empanizando croquetas de pollo en la cocina de su departamento, el único que habían tenido en todo aquel tiempo, mucho después de que hubiera muerto la madre de Eddie, porque Marguerite dijo que le traía recuerdos de cuando eran jóvenes y que le gustaba ver el viejo carrusel por la ventana. De pronto, sin advertencia, los dedos de la mano derecha se le abrieron de modo incontrolable. Se movieron hacia atrás. No se podían cerrar. La croqueta se le deslizó de la palma de la mano. Cayó al fregadero. Tenía punzadas en el brazo. Se le aceleró la respiración. Se miró durante un momento la mano con aquellos dedos rígidos que parecían pertenecer a otra persona, a alguien que estuviera agarrando una vasija grande, invisible.

Luego todo quedó borroso.

–Eddie —llamó ella, pero para cuando llegó él, ya había perdido el sentido y yacía en el suelo.

🔲

Era, diagnosticarían, un tumor cerebral y su declive sería como el de muchos otros. Tratamientos que hacían que la enfermedad pareciera menos dura, pelo que se cae en mechones, mañanas con ruidosos aparatos de radiación y tardes vomitando en un retrete del hospital.

En los días finales, cuando el cáncer fue declarado vencedor, los médicos sólo dijeron:

–Descanse. Tómeselo con calma.

Cuando ella les hacía preguntas, asentían amablemente con la cabeza, como si sus movimientos fueran un medicamento administrado a gotas. Marguerite se dio cuenta de que se trataba de algo protocolario, un modo de mostrarse amable con alguien sin remedio, y cuando uno de ellos sugirió que "arreglara sus asuntos", solicitó que le dieran de alta en el hospital. Lo exigió más que lo solicitó.

Eddie la ayudó a subir por la escalera y colgó su abrigo mientras ella paseaba la vista por el departamento. Marguerite quiso preparar algo de comer, pero él la hizo sentarse y calentó agua para el té. Había comprado chuletas de cordero el día anterior, y aquella noche cenaron con varios amigos invitados y colegas del trabajo, la mayoría de los cuales saludó a Marguerite y a su cetrina piel con frases como: "Bueno, ¡mira quién ha regresado!", como si aquélla fuera una fiesta de bienvenida y no de despedida.

Comieron puré de papa y, de postre, pasteles, y cuando Marguerite terminó el segundo vaso de vino, Eddie agarró la botella y le sirvió un tercero.

Dos días después ella se despertó gritando. Eddie la llevó en coche al hospital en el silencio previo al amanecer. Hablaban con frases cortas: qué médico estaría, a quién debería llamar Eddie. Ella iba sentada en el asiento del copiloto, pero Eddie la notaba en todas partes: en el volante, en el acelerador, en el parpadeo de sus propios ojos, en el carraspeo de su garganta. Todos los movimientos que hacía eran para ayudarla.

Tenía cuarenta y siete años.

—¿Tienes la tarjeta? —le preguntó ella.

—La tarjeta... —dijo él inexpresivo.

Ella respiró hondo y cerró los ojos, y su voz era muy tenue cuando volvió a hablar, como si aquel aliento le costara caro.

—Del seguro —gruñó ella.

—Sí, sí —dijo él rápidamente. Traje la tarjeta.

Una vez detenidos en el estacionamiento, Eddie apagó el motor. De pronto todo quedó demasiado quieto y en silencio. Eddie oyó todos los so-

nidos: el roce de su cuerpo contra el asiento de cuero, el clac-clac de la manija de la portezuela, el sil-
bido del aire afuera, sus pies en el suelo, el tintineo
de sus llaves.

Le abrió la portezuela y la ayudó a apearse.
Marguerite tenía los hombros encogidos contra las
mandíbulas, como un niño con mucho frío. El pelo le revoloteó por la cara. Olisqueó y alzó la mirada hacia el horizonte. Hizo un gesto a Eddie y señaló con la cabeza la lejana parte superir de un gran
juego blanco del parque, con carritos rojos colgando como adornos de un árbol.

–Se puede ver desde aquí —dijo.

–¿La rueda de la fortuna? —preguntó él.

Ella apartó la vista.

–Nuestra casa.

Como en el cielo no había dormido, Eddie tenía la
impresión de que no había pasado más que unas
pocas horas con cada persona que había encontrado. ¿Cómo podía tener noción del tiempo sin día ni
noche, sin dormir ni despertar, sin puestas de sol
ni pleamares, sin comidas ni horarios?

Con Marguerite sólo quería tiempo —más
tiempo cada vez—, y se le concedió; otra vez noches
y días y nuevamente noches. Cruzaron las puertas
de las diversas bodas y hablaron de todo lo que él
quería hablar. En una boda sueca, Eddie le habló

de su hermano Joe, que había muerto diez años antes de un ataque al corazón, justo un mes después de comprarse una casa nueva en Florida. En una boda rusa, ella le preguntó si había conservado el antiguo departamento y cuando él contestó que sí, ella dijo que se alegraba. En una boda al aire libre celebrada en una aldea libanesa, él le contó lo que le había pasado en el cielo, y ella escuchó, aunque parecía saberlo ya todo. Eddie habló del Hombre Azul y su historia, de por qué unos mueren cuando otros siguen vivos, y del capitán y su historia del sacrificio. Cuando habló de su padre, Marguerite recordó las muchas noches que Eddie había pasado enojado con él, molesto por su silencio. Y al contarle Eddie que había arreglado las cosas, sus cejas se enarcaron y separó los labios. Entonces él tuvo una antigua y cálida sensación que había extrañado durante años: el sencillo acto de hacer feliz a su mujer.

Una noche Eddie habló de los cambios en Ruby Pier, de cómo habían desmontado los antiguos juegos, de cómo la música del salón de juegos ahora era un estruendoso rock and roll, de cómo las montañas rusas ahora tenían espirales y carritos que colgaban boca abajo, de cómo los juegos "oscuros", que antes tenían escenas de vaqueros hechas con pintura fosforescente, ahora estaban llenos de pantallas de video, como si se viera la televisión todo el tiempo.

Le habló de los nombres nuevos. Ya no había Osas Mayores ni Escarabajos Peloteros, ahora eran la Tormenta, el Retuercementes, el Topgun, el Vortex.

–Suena raro, ¿no? —dijo Eddie.

–Suena —dijo ella melancólicamente— al verano de otra persona.

Eddie se dio cuenta de que eso era precisamente lo que él había estado sintiendo durante años.

–Debí haber trabajado en otro sitio —le dijo él. Lamento que nunca nos pudiéramos ir de allí. Mi padre. La pierna. Siempre me sentí una especie de inútil después de la guerra.

Ella vio que la tristeza le asomaba a la cara.

–¿Qué pasó? —preguntó ella. Durante esa guerra.

Él nunca le había contado nada. Todos lo comprendían. Los soldados, en su momento, hacían lo que tenían que hacer y no hablaban de ello una vez que volvían a casa. Eddie pensó en los hombres que había matado. Pensó en sus captores. Pensó en la sangre de sus manos. Se preguntó si sería perdonado alguna vez.

–Me perdí —dijo él.

–No —dijo su mujer.

–Sí —susurró él, y ella no dijo nada más.

A veces, allí en el cielo, los dos se tumbaban juntos. Pero no dormían. En la Tierra, decía Marguerite, cuando uno duerme, a veces sueña con el cielo y esos sueños ayudan a configurarlo. Pero ahora ya no había razón para tener esos sueños.

En lugar de dormir, Eddie la agarraba por los hombros, le acariciaba el pelo e inspiraba lenta y profundamente. En un determinado momento preguntó a su mujer si Dios sabía que él estaba allí. Ella sonrió y dijo:

–Naturalmente —aunque Eddie admitía que parte de su vida la había pasado escondiéndose de Dios, y el resto del tiempo creyendo que pasaba inadvertido.

La cuarta lección

Finalmente, después de muchas conversaciones, Marguerite hizo entrar a Eddie por otra puerta. Estaban de vuelta en la pequeña habitación redonda. Ella se sentó en el taburete y puso los dedos juntos. Se volvió hacia el espejo y Eddie vio su reflejo. El de ella, pero no el suyo.

–La novia espera aquí —dijo Marguerite pasándose las manos por el pelo y mirando su imagen despreocupadamente. Éste es el momento en que piensas en lo que estás haciendo. A quién eliges. A quién querrás. Si es lo adecuado, Eddie, puede ser un momento maravilloso.

Ella se volteó hacia él.

–Tuviste que vivir sin amor durante muchos años, ¿verdad?

Eddie no dijo nada.

–Consideraste que te lo habían arrebatado, que te dejé demasiado pronto.

Él se agachó poco a poco. Tenía el vestido de color lavanda de ella extendido a su alrededor.

–Es que tú me dejaste demasiado pronto —dijo.

–Y estabas enojado conmigo.

–No.

Los ojos de ella brillaron.

–De acuerdo. Sí.

–Había un motivo para todo —dijo ella.

–¿Qué motivo? —dijo él. ¿Cómo podría haber un motivo? Tú moriste. Tenías cuarenta y siete años. Eras la mejor persona que conocía cualquiera de nosotros, y moriste y lo perdiste todo. Y yo lo perdí todo. Perdí a la única mujer a la que he querido.

Ella le agarró las manos.

–No, no la perdiste. Yo estaba allí. Y tú me amabas de todos modos.

"El amor perdido sigue siendo amor, Eddie. Adquiere una forma diferente, eso es todo. No puedes ver la sonrisa de esa persona o llevarle comida o acariciarle el pelo o dar vueltas con ella en una pista de baile, pero cuando esos sentidos se debilitan, se fortalecen otros. La memoria. La memoria se convierte en tu compañera. Uno la alimenta, y se aferra a ella, y baila con ella.

"La vida tiene un fin —dijo por último—, el amor no."

Eddie pensó en los años posteriores al entierro de su mujer. Era como mirar por encima de una cerca. Era consciente de que había otro tipo de vida allí fuera, pero sabía que nunca formaría parte de ella.

–Nunca quise a nadie más —dijo él sosegadamente.

–Lo sé —dijo ella.

–Todavía estaba enamorado de ti.

–Lo sé —Marguerite asintió con la cabeza—, lo notaba.

–¿Aquí? —preguntó él.

–Sí, aquí —dijo ella sonriendo. El amor perdido puede ser así de intenso.

Ella se puso de pie y abrió una puerta, y Eddie parpadeó al entrar detrás de ella. Era una habitación tenuemente iluminada, con sillas plegables y un acordeonista sentado en el rincón.

–Estaba guardando esta habitación para el final —dijo ella.

Estiró los brazos. Y por primera vez en el cielo, él inició un contacto. Se acercó a ella ignorando su pierna y olvidando todas las horribles cosas que había pensado en relación con el baile, la música y las bodas, pues se dio cuenta ahora de que eso era lo que en realidad pensaba sobre la soledad.

–Lo único que falta —susurró Marguerite tomándolo del hombro— son los cartones del bingo.

Él sonrió y le pasó la mano por la cintura.

–¿Puedo preguntarte una cosa? —dijo.

–Sí.

–¿Cómo conseguiste tener el aspecto que tenías el día que me casé contigo?

–Pensé que te gustaría así.

Él pensó un momento.

–¿Puedes cambiarlo?

–¿Cambiarlo? —ella pareció divertida. ¿El
qué?

–El final.

Ella dejó caer los brazos.

–Al final yo no era tan guapa.

Eddie negó con la cabeza, tratándole de decir que eso no era cierto.

–¿Podrías?

Ella se quedó quieta un momento, luego
volvió a alzar los brazos. El acordeonista tocó las
conocidas notas y cuando ella tarareó al oído de él,
empezaron a moverse juntos, lentamente, al unísono, como sólo un marido y su mujer pueden hacerlo.

You made me love you.	Hiciste que te amara.
I didn't want to do it	Yo no quería amar,
I didn't want to do it...	yo no quería amar...
You made me love you,	Hiciste que te amara,
and all the time you knew it	y tú siempre lo supiste,
and all the time you knew it...	y tú siempre lo supiste...

Cuando Eddie echó la cabeza hacia atrás,
ella tenía otra vez cuarenta y siete años, la red de

arrugas en torno a los ojos, el pelo menos espeso, la piel más flácida por debajo de la barbilla. Marguerite sonrió y él sonrió, y ella fue, para él, tan hermosa como siempre, y cerró los ojos y dijo por primera vez lo que había estado sintiendo desde el momento en que la volvió a ver:

–No quiero seguir. Quiero quedarme aquí.

Cuando abrió los ojos, sus brazos aún rodeaban la forma del cuerpo de ella, pero Marguerite había desaparecido, al igual que todo lo demás.

Viernes, 15:15 horas

Domínguez apretó el botón del ascensor y la puerta se cerró con estrépito. Una ventanita interior se alineó con una ventanita exterior. El aparato se elevó con una sacudida y por el cristal crispado vio que desaparecía el vestíbulo.

–No puedo creer que este ascensor todavía funcione —dijo Domínguez. Debe de ser, por lo menos, del siglo pasado.

El hombre a su lado, el abogado que se ocupaba de la herencia, asintió ligeramente, simulando interés. Se quitó el sombrero —había poca ventilación y estaba sudando— y observó los números que se encendían en el panel de latón. Aquélla era la tercera cita del día. Una más y podría irse a casa a cenar.

–Eddie no tenía muchas cosas —dijo Domínguez.

–Ejem —carraspeó el hombre secándose la frente con un pañuelo. Y añadió—: Entonces no nos llevará mucho.

El ascensor se detuvo bruscamente, la puerta se abrió con estrépito y se dirigieron hacia el 6B. El pasillo todavía tenía los azulejos a cuadros blancos y negros de la década de 1960 y olía a comida: ajo y papas fritas. El conserje les había dado la llave, junto con una fecha límite. El próximo miércoles. Necesitaba que el departamento estuviera vacío para un nuevo inquilino.

–Vaya —dijo Domínguez después de abrir la puerta y entrar en la cocina—, todo está perfectamente ordenado, y eso que era un viejo —el fregadero estaba limpio. Las parrillas lavadas. Bien lo sabe Dios, pensó, su casa nunca estaba tan limpia.

–¿Documentos financieros? —preguntó el hombre. ¿Estados de cuentas bancarias? ¿Joyas?

Domínguez pensó en Eddie llevando joyas puestas y casi soltó una carcajada. Se dio cuenta de lo mucho que lo echaba de menos, de lo extraño que era no tenerlo en el parque dando órdenes a gritos y supervisándolo todo como un halcón madre. Ni siquiera habían vaciado su taquilla. Nadie tuvo valor. Se limitaron a dejar sus cosas en el taller, donde estaban, como si fuera a volver al día siguiente.

–No lo sé. Mire en ese mueble del dormitorio.

–¿El buró?

–Sí. Oiga, yo sólo estuve aquí una vez. En realidad sólo conocía a Eddie del trabajo.

Domínguez se apoyó en la mesa y miró por la ventana de la cocina. Vio el viejo carrusel. Miró su reloj. "Hablando de trabajo...", pensó.

El abogado abrió el cajón de arriba del buró del dormitorio. Apartó unos pares de calcetines, pulcramente enrollados uno dentro de otro, y la ropa interior, calzoncillos blancos, uno encima de otro. Debajo había una caja forrada de cuero, un objeto con aspecto serio. La abrió con la esperanza de encontrar algo enseguida. Frunció el ceño. Nada importante. No había ni estados de cuentas bancarias ni pólizas de seguro, sólo una corbata negra, el menú de un restaurante chino, un antiguo mazo de cartas, una carta con una medalla del ejército y una descolorida foto Polaroid de un hombre junto a un pastel de cumpleaños rodeado de niños.

–Oiga —gritó Domínguez desde la otra habitación—, ¿es esto lo que necesita?

Apareció con un montón de sobres que había sacado de un cajón de la cocina, algunos de un banco cercano, otros del Departamento de Veteranos de Guerra. El abogado los revisó y, sin levantar la vista, dijo:

–Esto servirá.

Sacó un estado de cuenta bancaria y tomó nota mental del saldo. Luego, como sucedía con frecuencia en este tipo de visitas, se felicitó en silencio por sus acciones, bonos y plan de pensiones. Él no iba a terminar como aquel pobre palurdo, con nada más que enseñar que una cocina ordenada.

LA QUINTA PERSONA
QUE EDDIE ENCUENTRA EN EL CIELO

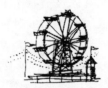

Blanco. Ahora sólo había blanco. Ni Tierra, ni cielo, ni horizonte. Sólo un puro y silencioso blanco, tan callado como la nevada más intensa en el amanecer más tranquilo.

Blanco era lo único que veía Eddie. Lo único que oía era su trabajosa respiración, seguida por el eco de esa respiración. Inhaló y oyó una inspiración más sonora. Exhaló y a continuación también escuchó una espiración.

Eddie se frotó los ojos. El silencio es peor cuando uno sabe que no lo puede romper, y Eddie lo sabía. Su mujer se había ido. La deseaba desesperadamente, un minuto más, medio minuto, cinco segundos más, pero no había modo de alcanzarla, de llamarla o de saludarla con la mano, ni siquiera podía ver una fotografía suya. Se sentía como si hubiera caído por una escalera y estuviera aplastado en el fondo. Tenía el alma vacía. Carecía de fuerza. Colgaba flácidamente y sin vida en el vacío, como si lo hiciera de un gancho, como si le hubieran extraído todos los jugos. Quizá llevaba allí colgado un día o un mes. Quizá un siglo.

Sólo la llegada de un ruido pequeño pero repetitivo hizo que se revolviera; sus párpados se alzaron pesadamente. Ya había estado en cuatro zonas del cielo y hablado con cuatro personas, y aunque cada una había resultado desconcertante a su llegada, notaba que esto era completamente distinto.

El temblor del ruido volvió, ahora más potente, y Eddie, con su instinto de defensa de toda su vida, cerró los puños y al hacerlo se dio cuenta de que su mano derecha agarraba un bastón. En los antebrazos tenía manchas del hígado. Las uñas de sus dedos eran pequeñas y amarillentas. Sus piernas desnudas tenían el sarpullido rojizo —herpes— que había padecido durante sus últimas semanas en la Tierra. Apartó la vista de su acelerado deterioro. Según los cómputos humanos, su cuerpo estaba cerca del final.

Ahora llegaba otra vez el sonido, un conjunto de chillidos agudos, irregulares, y momentos de calma. En la Tierra Eddie había oído aquel sonido en sus pesadillas y se estremeció al recordarlo: la aldea, el incendio, Smitty y aquel ruido, aquella especie de chillido chirriante que, al final, salía de su propia garganta cuando trataba de hablar.

Apretó los dientes, como si eso pudiera interrumpirlo, pero continuó, como una alarma que nadie desconectara, hasta que Eddie gritó a la asfixiante blancura:

–¿Qué pasa? ¿Qué quieren?

Después de eso, el sonido agudo se trasladó al fondo, se impuso a un segundo ruido, un rumor constante, implacable —el sonido de un río que corre—, y la blancura se redujo a un punto de luz que reflejaban unas aguas brillantes. Apareció suelo bajo los pies de Eddie. Su bastón tocó algo sólido. Estaba subido en un muro de contención, donde una brisa le soplaba en la cara y una neblina proporcionaba a su piel un brillo húmedo. Bajó la vista y vio, en el río, el origen de aquellos chillidos obsesionantes, y sintió el alivio de un hombre que comprueba, con el bat de beisbol en la mano, que no hay ningún intruso en su casa. El sonido, aquellos gritos y silbidos, aquella sucesión de chirridos, era sencillamente la cacofonía de voces de niños, miles de ellos, que jugaban en el río, salpicándose y soltando risas muy agudas.

"¿Era en eso en lo que he estado soñando todo este tiempo? —pensó—; ¿por qué?"

Observó aquellos cuerpos tan pequeños. Unos daban saltos, otros se metían en el agua, otros cargaban con cubetas y otros rodaban sobre la hierba alta. Apreció una cierta calma en todo aquello, nada de la brusquedad que habitualmente se ve en los niños. Se dio cuenta de algo más. No había adultos. Ni siquiera adolescentes. Todos eran niños pequeños, con la piel del color de la madera oscura, aparentemente a su propio cuidado.

Y entonces los ojos de Eddie fueron atraídos hacia un gran canto rodado blanco. Una niña delgada estaba quieta encima, separada de los demás, mirando en su dirección. Le hizo señas con las dos manos, saludándolo. Él dudó. Ella le sonrió. Volvió a hacerle señas con las manos y a asentir con la cabeza, como si dijera: "Sí, tú".

Eddie dejó su bastón y empezó a descender la empinada ladera. Resbaló, la rodilla mala se le dobló y perdió el equilibrio. Pero antes de caer en tierra, notó una repentina ráfaga de viento en la espalda que lo empujaba hacia delante, levantándolo, y allí estaba, enfrente de la niña, como si hubiera estado en ese lugar todo el tiempo.

EL CUMPLEAÑOS DE EDDIE ES HOY

Cumple cincuenta y un años. Es sábado. Se trata de su primer cumpleaños sin Marguerite. Se prepara un café instantáneo en una taza de plástico y come dos panes con margarina. En los años posteriores al accidente de su mujer, Eddie rehuía cualquier celebración de su cumpleaños, diciendo: "¿Para qué tengo que recordar ese día?". Era Marguerite la que insistía. La que hacía el pastel. La que invitaba a los amigos. Siempre compraba una bolsa de caramelo quemado y le ponía una cinta alrededor. "No puedes olvidarte de tu cumpleaños", diría ella.

Ahora que ella se ha ido, Eddie lo intenta. En el trabajo, se sujeta con un arnés a la montaña rusa, en lo alto y solo, como si fuera un alpinista. De noche ve la televisión en su departamento y se acuesta temprano. Nada de pasteles. Nada de invitados. No resulta difícil comportarse como si no pasara nada cuando uno siente que no le pasa nada. La palidez de la derrota pasó a convertirse en el color de los días de Eddie.

Cumple sesenta años; es miércoles. Va al taller tempra-
no. Abre una bolsa de papel estraza con el almuerzo y
parte un trozo de salami de su sandwich. Lo sujeta en un
anzuelo y luego pasa el sedal por el agujero para pescar.
Observa cómo flota. Finalmente desaparece, tragado por
el mar.

Cumple sesenta y ocho años; es sábado. Extiende sus
pastillas sobre el buró. El teléfono suena. Joe, su herma-
no, le llama desde Florida. Joe le desea un feliz cumplea-
ños. Le habla de su nieto. Le habla de una casa. Eddie di-
ce "Ya, ya", al menos cincuenta veces.

Cumple setenta y cinco años; es lunes. Se pone los anteo-
jos y lee los informes de mantenimiento. Se da cuenta de
que alguien se saltó una guardia la noche anterior y de que
no han comprobado los frenos del Gusano Tembloroso.
Suspira y agarra un cartel de la pared, "JUEGO CERRADO
TEMPORALMENTE", para llevarlo a la entrada del Gusa-
no Tembloroso, donde él mismo revisa el panel de frenos.

Cumple ochenta y dos años; es martes. Llega un taxi a
la entrada del parque. Él sube al asiento delantero y
guarda su bastón después.

–A la mayoría de la gente le gusta ir atrás —dice el taxista.

–¿Le importa? —pregunta Eddie.

El taxista se encoge de hombros.

–No, no me importa.

Eddie mira hacia delante. No dice que le gusta más ir en el asiento de delante y que no ha conducido desde que hace un par de años le retiraron el permiso.

El taxi lo lleva al cementerio. Visita la tumba de su madre y la de su hermano y se detiene delante de la de su padre durante sólo unos momentos. Como de costumbre, deja la de su mujer para el final. Se apoya en el bastón y mira la lápida mientras piensa en muchas cosas. Caramelo quemado. Piensa en caramelo quemado. Piensa que ahora le han quitado los dientes, pero que de todos modos se lo comería, si pudiera compartirlo con ella.

La última lección

La niña parecía asiática, quizá de cinco o seis años, y tenía una hermosa piel canela, pelo del color de una ciruela oscura, nariz pequeña y chata, labios llenos que se extendían alegres sobre sus dientes separados y unos ojos bellos, tan negros como la piel de una foca, con una cabeza de alfiler blanca que hacía de pupila. Sonrió y aplaudió con entusiasmo hasta que Eddie avanzó cautelosamente un paso más cerca, momento en que se presentó.

–Tala —dijo como haciendo una ofrenda de su nombre, con las manos en el pecho.

–Tala —repitió Eddie.

Ella sonrió como si hubiera empezado un juego. Se señaló la blusa bordada, que le caía holgada de los hombros y que estaba mojada de agua del río.

–Baro —dijo.

–Baro.

La niña tocó la tela roja que le cubría el torso y las piernas.

–Saya.

–Saya.

Luego señaló su calzado, una especie de zuecos —bakya—, y después unas conchas iridiscentes que había junto a sus pies —capiz— y, finalmente, una estera trenzada de bambú —baing— que estaba extendida delante de ella. Hizo un gesto a Eddie de que se sentara en la estera y ella también tomó asiento, con las piernas recogidas debajo.

Ninguno de los demás niños parecía fijarse en Eddie. Salpicaban y rodaban y agarraban piedras del lecho del río. Eddie vio que un muchachito frotaba una piedra en el cuerpo de otro, por la espalda y debajo de los brazos.

–Bañarse —dijo la niña. Como hacían nuestras inas.

–¿Inas? —dijo Eddie.

Ella observó la cara de Eddie.

–Mamás —dijo.

Eddie había oído a muchos niños en su vida, y en la voz de esta pequeña no percibió la vacilación habitual que los niños muestran ante un adulto. Se preguntó si ella y los demás niños habrían elegido esta orilla del río celestial o si, dados sus pocos recuerdos, alguien había elegido por ellos este paisaje tan sereno.

Señaló el bolsillo de la camisa de Eddie. Éste bajó la vista. Los limpiapipas.

–¿Esto? —dijo él. Los sacó y los torció, como había hecho en su época del parque de diversiones. La niña se puso de rodillas para observar el proceso. Las manos de él temblaban. ¿Ves? Es... —Eddie terminó la última vuelta— un perro.

Ella lo tomó y sonrió; una sonrisa que Eddie había visto un millar de veces.

–¿Te gusta? —dijo.

–Tú quemar mí —dijo ella.

🔋

Eddie notó que la mandíbula se le ponía rígida.

–¿Qué estás diciendo?

–Tú quemar mí. Tú prender fuego mí.

Su voz era inexpresiva, como la de un niño recitando una lección.

–Mi ina decir que esperar dentro de la nipa. Mi ina decir que esconder.

Eddie habló en voz baja, de forma lenta y meditada.

–¿De qué... te estabas escondiendo, niña?

Ella jugueteó con el perro hecho con los limpiapipas, luego lo sumergió en el agua.

–Sundalong —dijo.

–¿Sundalong?

Ella alzó la vista.

–Soldado.

Eddie notó esa palabra como si fuera un cuchillo en su lengua. Le pasaron imágenes fugaces por la cabeza. Soldados. Explosiones. Morton. Smitty. El capitán. Los lanzallamas.

–Tala... —susurró.

–Tala —dijo ella sonriendo ante su propio nombre.

–¿Por qué estas aquí, en el cielo?

La niña bajó el animal.

–Tú quemar mí. Tú prender fuego mí.

Eddie sintió un golpeteo detrás de los ojos. La cabeza le iba a estallar. Se le aceleró la respiración.

–Tú estabas en Filipinas... la sombra... en aquella choza...

–La nipa. Ina decir que estar segura allí. Esperar por ella. Estar segura. Luego ruido grande. Fuego grande. Tú quemar mí —encogió sus estrechos hombros—, no segura.

Eddie tragó saliva. Le temblaban las manos. Miró los profundos ojos oscuros y trató de sonreir, como si ésa fuera la medicina que necesitaba la niña. Ella le devolvió la sonrisa, y eso acabó por destrozarlo. Hundió la cara en sus manos. Las tinieblas que le habían ensombrecido todos aquellos años se revelaban por fin, eran carne y sangre auténticas; él había matado a aquella niña, a aquella niña encantadora, la había quemado, matado, se merecía todas las pesadillas que había padecido. ¡*Había* visto algo! ¡La sombra entre las llamas! ¡Él la había matado! *¡Con sus propias manos!* Ur. torrente de lágrimas le corría entre los dedos y su alma parecía caer en picada.

Entonces gritó y de su interior salió un lamento con una voz que nunca antes había oído; un lamento que nacía en lo más íntimo de su ser; y resonó en el agua del río y agitó el aire neblinoso del cielo. Su cuerpo tuvo convulsiones, y la cabeza le temblaba sin control hasta que el lamento se transformó en una especie de oración, pronunciando cada palabra como una confesión:

–Yo te maté. Yo te maté —luego susurró—: Perdóname —y gritó—: ¡Perdóname, Dios mío! ¿Qué he hecho? ¿Qué he hecho?

Lloró desconsolado hasta que sus sollozos se convirtieron en un temblor. Luego se movió silenciosamente, balanceándose atrás y adelante. Estaba arrodillado en la estera ante la niña de pelo negro que jugaba con el animal hecho con limpiapipas junto a la orilla del río que corría.

En un determinado momento, cuando su angustia se había aplacado, Eddie notó unos golpecitos en el hombro. Alzó la vista y vio a Tala que tenía una piedra en la mano.

–Tú bañar mí —dijo. Se metió en el agua y le dio la espalda a Eddie. Luego se quitó el "baro" bordado por la cabeza.

Él retrocedió. La niña tenía la piel espantosamente quemada. Su torso y sus estrechos hombros estaban negros, carbonizados y con ampollas. Cuando se dio la vuelta, la hermosa e inocente cara estaba cubierta de grotescas cicatrices. Los labios marchitos. Sólo tenía un ojo abierto. El pelo había desaparecido y había sido sustituido por manchas de cuero cabelludo quemado, que estaba lleno de costras duras, abigarradas.

–Tú bañar mí —volvió a decir tendiéndole la piedra.

Eddie avanzó pesadamente hasta el río. Agarró la piedra. Le temblaban los dedos.

–No sé cómo... —murmuró de modo apenas audible. Nunca tuve hijos...

Ella levantó su mano abrasada y Eddie se la tomó suavemente y frotó la piedra lentamente por su antebrazo hasta que las costras empezaron a soltarse. Frotó con más fuerza; se cayeron. Aceleró sus esfuerzos hasta que la piel chamuscada cayó y quedó a la vista la carne sana. Entonces le dio la vuelta a la piedra y frotó la huesuda espalda de la niña y sus menudos hombros, la nuca y, finalmente, las mejillas, la frente y la piel de detrás de las orejas.

Ella se inclinó hacia delante, apoyando la cabeza en la clavícula de él; cerró los ojos como si echara un sueñecito. Eddie siguió suavemente la línea de los párpados. Hizo lo mismo con sus resecos labios y las costras de la cabeza; el pelo color ciruela volvió a salir por las raíces y la cara que había visto al principio estaba nuevamente ante él.

Cuando ella abrió los ojos, los blancos de sus pupilas relampaguearon como unos faros.

—Yo ser cinco —susurró.

Eddie dejó la piedra y notó un escalofrío. Respiró entrecortadamente.

—Cinco... vaya... ¿Cinco años?

Ella negó con la cabeza. Alzó cinco dedos. Luego se apoyó otra vez en el pecho de Eddie, como diciendo "tu cinco". Tu quinta persona.

Soplaba una brisa cálida. Una lágrima se deslizó por la cara de Eddie. Tala la examinó como si se tratara de un bicho en la hierba. Luego habló al espacio entre ellos.

—¿Por qué triste? —dijo.

—¿Por qué estoy triste? —susurró él. ¿Aquí?

Ella señaló hacia abajo.

—Allí.

Eddie sollozó, un sollozo final inexpresivo, como si tuviera el pecho vacío. Había derribado todas las barreras; ya no hablaba como un adulto habla a un niño. Dijo lo que ya había dicho a Marguerite, a Ruby, al capitán, al Hombre Azul y, más que a ninguna otra persona, a sí mismo.

—Estaba triste porque no hice nada con mi vida. No era nada. No conseguí nada. Estaba perdido. Me sentí como si no me correspondiera estar allí.

Tala sacó el perro de limpiapipas del agua.

–¿Tú estar allí? —dijo.

–¿Dónde? ¿En el Ruby Pier?

Ella asintió con la cabeza.

–¿Reparando juegos? ¿Qué vida es ésa? —lanzó un profundo suspiro. ¿Qué sentido tiene?

Ella ladeó la cabeza, como si fuera evidente.

–Niños —dijo. Tú mantener a ellos a salvo. Tú hacer bien por mí.

La niña movió el perro hacia la camisa de él.

–Es donde tú deber estar —dijo, y luego le tocó la etiqueta de la camisa soltando una risita, y añadió dos palabras—: Eddie Man-te-ni-mien-to.

Eddie se hundió en el agua que corría. Las piedras de sus historias ahora estaban todas a su alrededor, debajo de la superficie, una tocando a otra.

Notaba que su forma se fundía, se disolvía, y tuvo la sensación de que no le quedaba mucho, de que lo que le tenía que pasar después de estar con las cinco personas que se conocen en el cielo estaba por encima de él.

–¿Tala? —susurró.

Ella alzó la vista.

–¿La niña del parque? ¿Sabes algo de ella?

Tala se miró las puntas de los dedos. Asintió con la cabeza.

–¿La salvé? ¿Conseguí apartarla?

Tala negó con la cabeza.

–No apartar.

Eddie se estremeció. Se hundió de nuevo. Conque era eso. El fin de la historia

–Empujar —dijo Tala.

Él alzó la vista.

–¿Empujar?

–Empujar sus piernas. No apartar. Cosa grande cae. Tú salvar a ella.

Eddie cerró los ojos negándolo.

–Pero si yo noté sus manos —dijo. Es lo único que recuerdo. No pude haberla empujado. Noté sus manos.

Tala sonrió y cogió agua del río, luego colocó sus deditos mojados en las manos cerradas de adulto de Eddie. Éste se dio cuenta de inmediato de que habían estado allí antes.

–No sus manos —dijo ella. Mis manos. Yo traer a ti al cielo. Salvarte.

ʔ

Después de eso, el río creció rápidamente, y la cintura, el pecho y los hombros de Eddie quedaron cubiertos. Antes de que pudiera respirar otra vez, el ruido de los niños desapareció por encima de él; estaba sumergido en una fuerte pero silenciosa corriente. Sus manos estaban entrelazadas con las de Tala, pero notaba que su cuerpo se separaba de su alma, la carne de los huesos, y entonces desapareció todo dolor y pesar de su interior, todas las cicatrices, todas las heridas, todos los malos recuerdos.

Ahora no era nada, una hoja en el agua. Tala tiró suavemente de él por entre la luz y la sombra, conduciéndolo entre formas azules y marfil, de color limón y negras. Eddie comprendió entonces que todos esos colores, desde el principio, eran las emociones de su vida. Ella tiró de él entre las olas que rompían de un gran oceano gris, y emergió en medio de una brillante luz y se encontró con una escena inimaginable:

Había un parque de diversiones lleno de miles de personas, hombres y mujeres, padres, madres y niños —muchísimos niños—, niños del pasado y del presente, niños que todavía no habían nacido, uno junto al otro, tomados de la mano, con gorro, con pantalones cortos... Llenaban la pasarela y los juegos y las plataformas de madera, estaban sentados unos sobre los hombros de los otros, sentados unos en el regazo de los otros. Estaban allí, o estarían allí, gracias a las cosas sencillas, normales, que Eddie había hecho en la vida, gracias a los accidentes que había evitado, a los juegos que había mantenido seguros, a las tuercas que había apretado todos los días. Y aunque no movían los labios, Eddie oía sus voces, más voces de las que podría haber imaginado, y lo invadió una paz que nunca había sentido antes. Ahora Tala lo había soltado y flotaba por encima de la arena y por encima de la pasarela, por encima de los picos de las tiendas y las agujas de la avenida, en dirección a la punta de la gran rueda de la fortuna blanca, donde en un carrito que oscilaba suavemente había una mujer con un vestido amarillo, su mujer, Marguerite, que lo esperaba con los brazos extendidos. Fue hacia ella y vio su sonrisa, y las voces se fundieron en una sola palabra de Dios:

Hogar.

EPÍLOGO

El parque Ruby Pier volvió a abrir tres días después del accidente. La historia de Eddie salió en los periódicos durante una semana, y luego otras historias sobre otras muertes ocuparon su puesto.

La Caída Libre estuvo cerrada durante toda la temporada, pero al año siguiente se volvió a abrir con un nombre nuevo: la Caída Audaz. Los adolescentes lo consideraban un símbolo emblemático del valor, y atrajo a mucho público, de forma que los propietarios estaban encantados.

El departamento de Eddie, aquel en el que se había criado, lo alquilaron a una persona nueva, que puso cristales emplomados en la ventana de la cocina que impedían la visión del viejo carrusel. Domínguez, que aceptó ocupar el puesto de Eddie, puso las escasas pertenencias de éste en un baúl del taller de mantenimiento, junto con recuerdos del Ruby Pier, incluidas fotos de la entrada original.

Nicky, el joven cuya llave había cortado el cable del juego, hizo una llave nueva cuando volvió a casa y vendió su coche cuatro meses más tarde. Regresó con frecuencia al Ruby Pier, donde presumía ante sus amigos de que su bisabuela era la mujer para quien lo habían construido.

Las estaciones iban y venían. Y cuando terminaban las clases y los días se hacían largos, la gente volvía al parque de diversiones situado junto al gran oceano gris. No era tan enorme como los parques temáticos, pero era lo suficientemente grande. En verano, los ánimos se avivan y la playa recibe el sonido de las olas, y la gente acude a los carruseles y ruedas de la fortuna, y toma bebidas dulces heladas y algodones de azúcar.

Se hacían filas en el Ruby Pier, igual que se hacían filas en cualquier otro sitio: cinco personas esperaban, en cinco recuerdos diferentes, que una niña que se llamaba Amy o Annie creciera, se enamorase, envejeciese y muriera, y finalmente consiguiera que se respondiera a sus preguntas de por qué había vivido y para qué. Y en aquella fila había ahora un anciano con patillas, con una gorra de tela y una nariz ganchuda, que esperaba delante de un sitio que se llamaba Pista de Baile Polvo de Estrellas para compartir su parte del secreto del cielo: que cada uno influye en el otro y éste lo hace en el siguiente, que el mundo está lleno de historias, pero que las historias son todas una.

AGRADECIMIENTOS

El autor desea dar las gracias a Vinnie Curci, de Amusements of America, y a Dana Wyatt, responsable de operaciones del Pacific Park del Santa Monica Pier. Su ayuda durante la investigación para este libro fue inestimable. Gracias también al doctor David Collon, del hospital Henry Ford, por la información sobre las heridas de guerra. Y a Kerri Alexander, que lo controló todo bien. Mi aprecio más profundo a Bob Miller, Ellen Archer, Will Schwalbe, Leslie Wells, Jane Comins, Katie Long, Michael Burkin y Phil Rose, por su entusiasta confianza en mí; a David Black, por la generosidad con que me mostró cómo deben ser las relaciones agente-autor; a Janine, que escuchó pacientemente la lectura de este libro en voz alta, muchas veces; a Rhoda, Ira, Cara y Peter, con los que hice mi primer viaje en la rueda de la fortuna; y a mi tío, el auténtico Eddie, que me contó sus historias antes de que yo contara la mía.

Esta obra fue impresa en febrero de 2009
en los talleres de Edamsa Impresiones, S.A. de C.V.,
que se localizan en la Av. Hidalgo (antes Catarroja) 111,
colonia Fraccionamiento San Nicolás Tolentino, en la ciudad de México, D.F.
La encuadernación de los ejemplares se hizo
en los mismos talleres.